Re:從零開始的異世界生活
Re: Life in a different world from zero

「喝啊！」

「繃太緊了。
手，腳，脖子，腰。還有臉。」

陶器清脆的聲響，
和裡頭的冰塊搖晃聲重疊，
庫珥修瞇起雙眼。

「況且偶爾像這樣和立場與職位
不同之人喝一杯也不賴。」

Rem
雷姆

Re: Life in a different world from zero

The only ability I got in a different world "Returns by Death"
I die again and again to save her.

CONTENTS

序章
『其名為——』
011
第一章
『腐敗的精神』
013
第二章
『開始變化的事態與雷姆的意志』
081
第三章
『名為絕望的疾病』
117
第四章
『瘋狂的外側』
172
第五章
『怠惰』
212

Re:從零開始的異世界生活5

長月達平

青文文庫

封面・內彩、內文插畫●大塚真一郎

序章 『其名為——』

被黑衣裝扮集團給包圍的男子，自身也裹著黑色法衣。

身高比昴略高，深綠色頭髮長到遮蓋眼睛。臉頰瘦削，骨頭上只貼著最低限度的皮跟肉，構成一個人型的樣貌。

就是個肉體讓人感受不到生氣，十分符合這種形容的人。

不過，那是在除卻他那雙綻放瘋狂異彩的雙眸的情況下。

「原來如此……這可真是，挺有意思的呢。」

男子傾斜身體，脖子也扭曲九十度，目光炯炯的雙眼毫不客氣地盯著昴。做出只能用詭異來形容的動作，男子點頭表達理解。

接著他依舊斜著身軀，順手把自己的右手拇指插進嘴裡，毫不猶豫地咬碎指頭。肉爛骨碎。男子邊啜飲血流邊瞪大渾濁的瞳孔，說：

「你……該不會是『傲慢』吧？」

男子的問話，投向被固定在牆壁上的昴。

可是，昴沒有回答他的問題。只是呆呆地仰望站在眼前的男子，露出不合場合的傻笑。

和舉止易於常軌的男子一樣，神智不清的黑色瞳孔虛無地眨呀眨。

「呼嗯……看樣子得不到答案呢。」

把手指拔出嘴巴，看到流血的右手後男子才恍然大悟地敲自己的頭。

「啊啊，對喔。這麼說來，做了太失禮的事。我所做的，連打招呼都稱不上呢。」

為自己忘記初次見面禮儀致歉，男子橫向咧開顏色很淡的嘴唇，做出不吉祥的笑容。

接著緩緩、恭敬有禮地彎曲腰桿。

「我是魔女教的大罪司教——」

維持彎腰動作，只靈活地翹起腦袋，筆直地凝視昴。

「掌管『怠惰』的……貝特魯吉烏斯・羅曼尼康帝。」

報上名號，用雙手手指指著昴的男子——貝特魯吉烏斯嘻皮笑臉地說。

嘎哈哈哈。嘎哈哈哈。嘎哈哈哈。

第一章　『腐敗的精神』

1

——晴朗的藍天，映照在仰躺倒地的昴的視野裡。

被召喚至異世界後，回過神來已過了大約兩個半月。

這段期間，像這樣子仰望藍天是第幾次了呢？

積雨雲很厚，遮蔽了日光。但光彩奪目的陽光依舊穿透厚雲，傾照在地面。

邊讓太陽光燒灼眼皮底部，昴突然沒來由地想。

「這麼說來……來到這裡之後，最近都沒下過雨呢。」

如果是深夜淅瀝瀝下小雨，傍晚前後下驟雨的話，曾遇過好幾次，但最近都沒有下一整天的雨。

目前露格尼卡的氣溫是穿長袖會覺得有點熱。以體感溫度來看是原本世界的六月，或是還有殘暑的九月吧。

因為雨量減少，或許現在是這邊世界的乾季。

「差不多要結束了？」

倒在地上任思緒泅游的昴，突然被這道聲音呼喚。

維持仰躺，只抬起頭的視線盡頭站著一名老人。

高個頭、穿著全身黑的管家服。有著讓人看不出年齡、鍛鍊有素的軀體，以及直挺挺的脊樑。老人禮貌地撫摸豐盈的白髮，展露充滿氣質的站姿。

柔和的面容刻畫著沈穩的皺紋，給人的印象就是某處的溫良敦厚老紳士，但他手上卻握著一把刀身很長的木劍。

「不，還沒呢。我剛剛只是稍微思考了些哲理。」

「哦，真叫人好奇。敢問是在想什麼呢？」

「上面鬧火災，下面鬧水災……是指什麼呢？」

藉由高舉雙腳再往下揮的動作，用力站起來。

鈍重感還殘留在體內，但跌打損傷造成的影響幾乎微乎其微。

輕輕轉動手腳確認狀況，昴旋轉握著的木劍後朝正面——威爾海姆刺過去。

「那麼，還請再指教一手！」

「附帶一問，方才的哲理答案是？」

「沒什麼大不了的——尿床之後惱羞成怒！」

用玩笑話回應，然後踏步向前，以低姿勢揮舞木劍畫出半圓。

前端掃過空氣並捲起風的一擊，沒有丁點放水。

可是。

「喝啊！」

「繃太緊了。手，腳，脖子，腰。還有臉。」

全力一擊被威爾海姆的木劍架開，目標就這樣被流暢的動作撇離。瞄準頭部的一擊掠過對手頭頂上方，轉動身軀的老人，掌中閃過宛如舞蹈的劍擊。

頭部，喉嚨，心窩，下體——連成一線的人體要害被溫柔撫過。威爾海姆的木劍僅用點到為止的力道，就擊飛昴的身體。

多虧這絕佳的借力使力技巧，幾乎沒有造成任何傷害。儘管如此，要害被打中的衝擊導致昴窒息，無法成功自我防衛並發出痛苦呻吟。

「咕噁！」

在背部被敲打的疼痛下，眼睛整個打轉，整個人再度成大字形倒下，正面又出現嘲笑自己的藍天。蔚藍無比的晴朗天空叫人憎恨無比。

「差不多要結束了？」

威爾海姆平穩的呼喚沒有抑揚頓挫，也沒有絲毫諷刺和侮辱。

詢問昴的聲音，已經是第幾度開口了呢？

「真有精神啊。」

仰望可恨藍天的昴，聽到介入兩人的聲音後抬起頭。看見一名俯視仰躺在庭園的昴、倚著陽台欄杆的女性。
「雖然只聽到聲音，不過似乎頗有熱忱。」
身體靠著扶手、俯瞰兩人的，是有著一頭綠髮的美麗女性。
充滿光澤的秀髮飄逸纖長，色澤濃綠到接近黑色。身上的氣質讓人會自然端正姿勢。充滿女人味起伏的肢體，被像是男裝的軍服給包裹。
她是這間豪宅的屋主，同時也是威爾海姆的主子，庫珥修・卡爾斯騰公爵。
雖然還年輕，卻是身居國家要職的才女——同時在現今的露格尼卡王國裡，也是擁有非常重要立場的人物。
「庫珥修大人。是否妨礙了您的職務？」
「沒有，我剛好想要放鬆一下。不用放在心上。」
庫珥修寬宏大量地點頭，然後視線移向躺在地上的昴。
「而且，我不想傲慢到不分青紅皂白去否定某人的努力。就算對方是和自己雇用的人玩樂也一樣。就盡情地陪他玩吧，威爾海姆。」
「明白了。不過，」
庫珥修以自己的方式下達許可，威爾海姆深深一鞠躬回應。
接著老人稍稍斜視昴。
「差不多要結束了？」

「按照方才的流程而把結束說出口，我可不是看不懂氣氛的傢伙。」

站起來的同時拍打沾上草葉的身體，昂轉動身子後第三次——不對，是第十幾次確認身體狀況。然後邊捏響拳頭邊吐氣。

「在美人的視線下被打得落花流水，對男人來說是相當難受的事件。我的男子漢計量表值會不斷減少的。」

威爾海姆扔木劍過來，順手接住的昂苦笑。

「沒必要在意。反正不是第一次看你被痛毆了。」

「嗚呃！」

來自上方毫不留情的一句話，令昂按住胸膛呻吟。

「我只聽說經緯，但我認為方才是庫珥修大人太過直接。」

「是嗎？」

威爾海姆的話，讓不帶惡意的庫珥修挑眉。

「不去挑戰實力拼不過的對手，是自知之明。不過，假如有彰顯出不屈不撓的意志，那就算後悔也沒什麼好可恥的。」

摸著下巴闡述自身論點的庫珥修，讓昂品嚐到些微尷尬。

雖說前些天是單方面展露醜態，卻沒想到會得到這樣的評價。畢竟，昂認為那樣的醜態以及前後發生的事，是自己人生中最大的失敗。

在王城的候客室發生最糟糕也最差勁的別離瞬間。

「反倒是昨晚的事，叫我難以接受。雖是聽聞……但考慮到你的心情，不難理解你的悲憤。」

「……啊哈哈。」

庫珥修的視線摻雜了同情的色彩，昴發出乾笑聲，抓抓臉頰。

昨晚——半天前發生的事，似乎只能叫人如此反應。

和前來庫珥修宅邸拜訪昴的『劍聖』萊因哈魯特會面。

「另外，既然被女性看著接受指導是一種痛苦，那應該是已經重複很久了吧？」

看到昴的表情變化，庫珥修回到前一個話題。從扶手探出半個身子的她，饒富深意的視線投向庭園角落。

那兒站著從頭到尾都默默看著訓練場景的藍髮少女。

察覺庫珥修在看著少女，昴表情尷尬地皺眉。

「……在自家人面前丟人現眼，是另一種感覺啦。」

「在總有一天會成為敵人的掌中不斷掀底牌也是個問題……不過放這樣的人進屋子的我也是同類吧。出乎意料的，不知道自己的心裡在想什麼呢。」

說給昴聽後，庫珥修點頭數次像在反省自己。然後結束一個人的沈思，呼喚下方的威爾海姆。

「威爾海姆。」

「在。」

「我想稍微活動身體。把剩下的事處理完後就過來。雖然比預定的早，不過今天的指導就麻煩你了。」

「明白。請慢慢準備。」

「就我現在的心境，你的意見有點難做到。」

淺淺一笑後離開扶手，庫珥修挺直脊樑回到辦公室。

威風凜凜的動作。綠髮搖曳似在舞蹈，承受柔和的日光消失在昴的視線裡。看到她離開，昴將些微的緊張感化做嘆氣吐出。

視線消失讓自己坦露安心，昴對自己苦笑。

說實話，庫珥修這名女性對昴來說是很棘手的類型。

耿直毫不動搖的眼神，清澈無比彷彿可以看透自己的心底。正直誠實的性格，以及以信念為背書的言行舉止，經常讓自己感到無地自容。

洋溢自信，對自己應為之事不抱一絲迷惘的崇高存在。

很自然地拿自己現在的立場與之相比，自己的悲慘顯得格外顯眼。

「差不多要結束了。」

重新面向搖頭以轉換心情的昴，威爾海姆這麼說。

「不是疑問句了，就是這麼回事呢。」

緩緩架起木劍的威爾海姆說的話——語尾去掉了問號，昴領悟到這段激烈又平穩的時間即將劃下句點。

看到昴的黑色瞳孔老實地帶著遺憾，威爾海姆微微苦笑。

「既然庫珥修大人開口了，那我也不得不完成指導的任務。畢竟我會被聘至卡爾斯騰家的理由，有一半是為此。」

「我不會再耍任性了。本來就是請你撥出空閒的時間陪我，所以才會得到這種報應啦。」

對於練習即將結束感到寂寥的同時，昴拿好木劍，劍尖對準對方的眼睛。

國中就沒學劍道了，但還是有學會劍術基本。看到平心靜氣站得筆直的昴，威爾海姆的表情也失去了鬆懈。

「——上囉。」

「恭候大駕。」

遵照宣言，昴的身體踢土往前飛奔。

毫無任何牽制。沒耍花招，就從正面揮出一擊。

木劍高舉過頭，由上往下揮的一刀劃破空氣，前端錯失了終點戳向大地。偏離目標、用力踏步的昴向前滾倒。

然後，

「──呃！」

被打敗的昴感覺好像有無數的斬擊閃現。

2

菜月・昴住進庫珥修・卡爾斯騰宅邸，已過了三天。

卡爾斯騰公爵的宅邸，位在王都上層的貴族街最深處──特別華麗又並列的豪宅區一角。雖說這裡只是公爵滯留在王都時所用的別墅，但規模姑且不論，內部裝潢的豪華度遠遠超越羅茲瓦爾本宅。

不過，那裝飾過頭的屋內裝潢並非庫珥修本人的興趣。待在王都，來訪的客人會很多，為此才──就是應貴族要求的虛榮心啦。

來客頻繁造訪豪宅的模樣，這三天來昴也看過許多次。

──連萊因哈魯特・范・阿斯特雷亞的來訪，也只是其中之一。

半天前接待他的經過，成為對昴來說十分討厭的回憶。

「練兵場那件事，沒能阻止真的很對不起。我對只能眼睜睜看著事情發生的自己感到羞恥。」

站在回應呼喚而出來的昴面前，萊因哈魯特開口第一句話就是謝罪。

兩人站在被魔法燈照耀的卡爾斯騰宅邸門口，萊因哈魯特深深低頭。

被稱為『劍聖』、集國內信賴與尊敬於一身的人物朝自己賠不是。覺得自己才沒臉見他的昴對萊因哈魯特這樣的行為大吃一驚。

「等、等一下等一下。為什麼你得要道歉？又不是你的錯，你又沒做什麼。」

「才沒那回事呢，昴。我是你的朋友，同時也是由里烏斯的朋友。沒能制止兩位朋友之間的齟齬，完全是由於我的無能所致。」

「朋友之間啊……」

聽到現在在這世界上第二不想聽到的名字，昴微微倒抽一口氣。

但是，他沒有因此敵視萊因哈魯特。不如說是感謝他當時沒有從中作梗。要是他出手制止，那悲慘程度會更勝現在吧。

昴和由里烏斯之間的決鬥——縱使幾乎稱不上叫決鬥，但勝負不應委由他人。只有這點確實保住了決鬥該有的形式。

萊因哈魯特的想法，不過是沒必要產生的罪惡感。儘管如此卻還親自前來謝罪，這份誠實，正是讓他被稱為『騎士中的騎士』的原因。

「……嗯，不說那個了。你刻意跑來，我很高興。畢竟，你現在應該很忙吧？」

「我不希望把忙碌和友誼放在同個天平測量。要是錯過今晚，向你謝罪的機會就要挪到很後面了。」

「很後面……該不會，你要去別的地方？」

「我要離開王都，帶菲魯特大人到我的老家。菲魯特大人必須學會的事還很多，而且新雇用的人也需要教育。」

萊因哈魯特微微苦笑，但從那笑容可以窺見他很期待未來的勞苦。至少對期許主僕關係圓滿無比的不安，絲毫沒有顯現在萊因哈魯特這邊。

「跟菲魯特處得還好嗎？」

「──儘管與眾不同，但卻是個會提出前所未有見解的人士。當能力追上志向與氣概的時候，大家一定都會為之震驚。我只是勉勵自己，希望能成為她未來的助力。」

「……這樣啊。那就好。」

聽到沒有迷惘的答案，昴忍不住把視線移離萊因哈魯特。

因為無法正眼直視他。紅髮青年不以苦難為苦，也不為與主人的關係煩惱。僅僅遵從自己被賦予的使命，沒有任何憂慮。

他那模樣，和現在的昴根本是天差地遠──

「你後悔了嗎？」

昴不看自己，這樣的態度讓萊因哈魯特擔憂地皺起俊眉。

後悔──他說出口的單字穿刺心頭，昴緊咬嘴唇。

後悔是一直都有的。昨天後悔之前的事。今天後悔昨天的事。明天一定也會後悔今天的事吧。

如果活著就是不斷選擇，那麼活著就是不斷後悔。

會不由得去想像當初沒選的選項的未來，去希冀跟現在不一樣的世界。

「我不會說什麼我懂你的心情這類輕率的話。不過，為那時的事感到羞愧，這點我也一樣。雖然一開始就跟你說了，但我真的很後悔。」

見昴沈默，萊因哈魯特垂下眼簾。

那句話莫名地偏離昴內心中的遺憾。但是，這很正常。立場不同看法也會跟著不同。昴和萊因哈魯特，觀點不可能一樣。

所以說，昴做好心理準備，不管萊因哈魯特說什麼也不會動搖的準備。

但是，這樣的心理準備卻——

「那天的決鬥……你跟由里烏斯的戰鬥毫無意義。明知如此卻什麼也辦不到，害你受了不該受的傷。眼睜睜看著事情發生，讓我一直很過意不去。」

「——」

昴的覺悟很短，短到被他說了這些話就沒了。

「——你說，毫無意義？」

「嗯，是啊。你和由里烏斯在那裡相鬥後得到了什麼？你受傷，由里烏斯也在自己的經歷中留下污點，僅此而已。你知道他在那場決鬥之後，被處罰閉門思過嗎？由里烏斯現在應該也在後悔自身的行為。」

由里烏斯受罰這件事還是初次聽聞，對昴來說很意外。

當時在場的觀眾、騎士們都站在由里烏斯那邊。還以為事後的處理應對早就打通好關節了，所以沒想到他會受罰。

——但是，不覺得由里烏斯會後悔這件事。

只有這點，用木劍跟他交鋒過的昴可以這麼肯定。

絲毫不察昴這樣的想法，萊因哈魯特就著充滿誠意的眼神訴說。

「只要給彼此時間，應該就能好好地冷靜對話。不嫌棄的話，可以由我來準備這樣的場合。只要和解了，就不會再有那場決鬥的芥蒂。」

「……你是指，當那場決鬥沒發生過？」

「對。或許會很難開口，但平常的由里烏斯是個誠實又講理的人。只要推心置腹一次，誤解立刻就能解開……」

「萊因哈魯特。」

打斷拼命闡述的聲音，昴呼喚萊因哈魯特的名字。

閉上嘴巴的紅髮青年以清澈的眼神回視昴。映著蒼穹的瞳孔裡頭，不帶一絲一毫負面情感。

亦即，萊因哈魯特是認真這麼說的。

他是真的不懂那場決鬥的意義。

——那場決鬥意味著無法退讓的自豪互相撞擊，但他無法理解。

「你的心情我知道了，我很高興。你真的是個好人。」

「既然如此……」

「不過，你的提議我不接受。我不能接受。……我言盡於此。」

說完昴就轉身背對他。萊因哈魯特訝異地屏息。當昴穿過門要回屋裡去的時候，萊因哈魯特的手立刻伸向他的背。

「萊因哈魯特，你真的是個超級大好人。你方才的話沒有惡意和壞念頭，你的所作所為、一言一句都是出自於單純的善意。這些我全都知道。……我懂。」

聽到昴這麼說，萊因哈魯特的動作停住。

感受到背後的他停下來，昴沒有回頭，直接穿過大門。

然後。

「可是，只有這個我辦不到。那場決鬥的意義……我不能讓你把它奪走。」

這一點不管是昴還是由里烏斯，甚至旁觀決鬥的騎士們都不期望發生。

那場決鬥是有意義的。有確確實實的意義在。

縱使『劍聖』、萊因哈魯特無法理解——

「就算你這麼說……你在那場決鬥得到了什麼？不都只有失去嗎？」

為了填補與昴逐漸拉開的距離，萊因哈魯特拚命擠出話來。可是，他為此所選擇的話語，反而為這次的對話劃下決定性的休止符。

「就像你跟愛蜜莉雅大人那樣。」

「你今天就回去吧，萊因哈魯特。趁你的主子還沒寂寞到大吵大鬧的時候。」

聽到現在在這世界上最不想聽到的名字，昴自暴自棄地回應劍聖。

大聲關上的門，為兩人在這一天的別離點上句點。

「……真是多管閒事。」

吐出面對面時講不出口的惡言惡語後，昴為昨晚的事咬牙切齒。

彎曲嘴唇，用力抓頭像要揮別全新的記憶。

「不行喲，昴。你的頭被打到了，所以請不要亂動。」

充滿慈愛的嗓音，溫柔地撫摸躺倒在地的昴的耳膜。

往上瞥一眼，視線盡頭是俯視昴的微笑藍髮少女。

以黑色為基底，裙長改短的圍裙洋裝。跪在草坪上維持讓昴的頭枕在自己大腿上的姿勢，有著可愛容顏的女僕——雷姆。

被吩咐侍奉昴的女僕，現在正用手指邊梳理昴的頭髮邊輕語。

「特訓辛苦了。請就這樣躺在雷姆的大腿上好好休息一陣子。」

「特訓……根本稱不上吧。只是單純的練習而已。在旁邊看很無聊吧？」

「不會，不無聊。能夠和昴一起度過，光這樣雷姆就覺得十分幸福。」

雷姆傾注而下的全面肯定，現在的昴卻無福正面接受。

他用手掌蓋住臉，讓連自己的慘樣都以好意觀看的雷姆消失在視線外。跟遊玩沒啥兩樣的練習，雷姆卻從頭看到尾。所以也沒啥好難為情的。

看著用掩面來掩飾感情的昴，雷姆什麼也沒說。

她只是默不作聲，憐愛地承受昴的重量，不斷輕柔地梳理昴的黑色短髮，彷彿讓人覺得時間不會停止。

「……雷姆啊。」

耐不住沈默的昴率先開口。

他沙啞的聲音讓雷姆的手停下動作。感謝雷姆就這樣等待自己開口，昴過了好一陣子才說下去。

「妳不會覺得……我很丟臉嗎？」

道出口後，才問自己究竟想要得到什麼答案。

是想要肯定，還是否定？是在渴求從哪邊開始到哪裡為止的表現評價？剛剛嗎？還是三天前？亦或者是更久之前——

「會啊。」

質問自己的過程，被雷姆果斷肯定的聲音給中斷。

「妳是這麼想的啊。那為什麼要跟丟人現眼的我一起留下來？是因為被命令嗎？」

惱人的問題立刻得到解答，昴從下往上瞪著雷姆似在抗議。

倒映在視野裡的雷姆，面對昴使壞的連問，用緩緩搖頭應對。

「覺得你丟臉，和在一起這件事，並不互相矛盾。而且就算沒有被命令，雷姆一定也會留下來陪昴。」

「……為什麼？」

「因為雷姆想這麼做。」

很簡潔的回答。

被說到這種地步，昴一時也難以接話。猶豫著該說什麼，但最後自覺到內心因雷姆的答案而變輕盈。

宛如不明所以的自問自答，輕而易舉就得到不明所以的答案。

「雷姆……妳好厲害。」

「是。不過，姊姊更厲害喔。」

「只有這個拉姆至上主義我無法理解，不過很厲害啦。」

舉起雙手表示投降，昴閉上眼睛，整個人放鬆，將一切都交給雷姆的大腿。

雷姆再次把手指插進昴的瀏海裡，邊玩弄邊說。

「雷姆是因為想讓昴做想做的事，所以才在這裡。」

「這樣講，好像我想要有人欣賞我被徹底打垮，之後又想在悲慘丟臉和自虐的時候被肯定。」

「不是嗎？」

面露不可思議歪起小腦袋，雷姆用純真的眼神問。

對此，昴只是從鼻孔深深吐氣，用無言作為回答。

平靜、沒有妨礙、怠惰的時間持續流逝。

「差不多該回去了？不然會妨礙到庫珥修大人練劍。」

「再一下子。因為頭被敲到，現在動的話可能很危險。」

抓住雷姆想要移動的大腿，側著頭的昴撒嬌。

「好的。──既然昴這麼希望。」

原本雙腿使力的雷姆放鬆力道，接納昴的提議。

沈浸在這無邊無際的溫柔中，不需要去思考不想去思考的事。昴讓身子深深陷入名為安逸的泥沼裡。

──距離宣告王選正式開始的那一天，昴與愛蜜莉雅訣別的日子，已過三天。

菜月・昴暢行無阻地墮落。

3

是哪裡做錯了呢？一有時間思考昂就會這麼想。

明知是討厭的記憶，回過神來卻發現思緒已經抵達那天的向晚，不斷回想起銀髮少女背向自己遠離的光景。

是少了什麼呢？每當門關上的聲音響起，昂就會這麼想。

昂也有自覺，自己的言詞太過份。

一方面也是因為當時剛被痛毆一頓。又被愛蜜莉雅連珠砲地追問，一不小心就喊出和真心話相去甚遠的內容。

結果，那些話造成昂和愛蜜莉雅決裂。

因為是脫口而出的話，所以算是一時的氣話嗎？

因為是脫口而出，所以那是一直藏在內心的想法嗎？

關心對方，想被認同，都是千真萬確的想法。

自己的真心在那個時候跑哪去了，昂連這都搞不清楚。

「──哥，小哥。喂！小哥！」

近距離大叫的聲音，將泡在自問自答海洋中的意識給拉回現實。

眨眼的昴，面前是粗聲粗氣、不耐煩地聳肩的人物。

「拜託你，小哥。別在別人的店前面露出危險的目光啦。會影響我的生意的。」

臉上的縱向傷疤叫人印象深刻。疤面臉孔皺起眉心這麼說。

回到現實就立刻直視到對心臟不好的臉，昴平靜地揉眼睛。

「我說，大叔。——面對客人竟然先瞪人威脅，是怎樣啊？」

「我才沒有！我是擔心你好嗎！先是你被來歷不明又打扮詭異的傢伙給帶走，後來羅姆爺聽了你的留言後就下落不明，我才想告訴你我當時是多麼驚慌失措咧！」

破口大罵的男子，用粗壯的手拍打櫃臺。頓時，放在櫃臺上的水果在衝擊下滾出籃子，眼看就要散落在大馬路上。但是。

「不可以粗暴地對待食物唷。」

像跳舞一樣拎起裙子裙襬，雷姆在店面前的空間著地。她的手上握著跟店面一樣的籃子，用那籃子輕柔地承接住所有即將落地的水果。

「哦哦，太感謝了，小姐。」

鬆了一口氣，為安心和雷姆驚人的技藝嘆息的男子——卡德蒙從雷姆手中接過接住水果的籃子後，邊壓低音量邊看著昴，說：

「所以我不會騙妳。趕快離開那個眼神兇惡的小哥吧。跟他在一起會不幸的。」

「你在灌輸她什麼啦。少在那邊無中生有講些有的沒的，哼！」

「才不是無中生有咧。你上次不就是帶另一個女孩子來嗎。之前的女生……啊──為什麼想不太起來呢，不過雖然不記得，但至少我知道這次這個女生比較可愛啦。你這個花心大蘿蔔，下地獄去吧！」

「我看起來像是有本錢可以花心嗎？說起來，你為何……」

會忘記跟我來過的愛蜜莉雅呢？原本要這麼說的昴閉上嘴巴。

卡德蒙會忘記愛蜜莉雅，是受到為了隱藏愛蜜莉雅的外貌而施加的阻礙識別魔法影響。憶起這點，愛蜜莉雅的臉龐浮現腦海，接著胸口疼痛。

看到昴悶不吭聲，卡德蒙露出莫名其妙的眼神，然後故意說給雷姆聽。

「看吧，他那毫不在乎的態度。就算對他投注感情，難過的可是妳自己。」

「多謝關心。……不過，雷姆是因為喜歡才做的。」

雷姆臉頰泛紅，偷偷斜眼瞄昴。那視線的熱度，讓卡德蒙覺得多說無益而收回意見。

「不說這個了。是說今天街道上的氣氛跟平常不一樣呢。雖然人多這點沒變……但該說大家有點莫名慌張嗎。」

為了掩蓋自己話說一半就噤下的舉止，昴邊眺望人群邊改變話題。

「停下腳步的人，看起來比平常還要多……是吧？」

「真意外，你看得很仔細嘛。對啦，就是這樣。不管怎樣，要發生大事的時候，對商人來說就是大發利市的時候。現在可是謠言滿天飛，流言蜚語比人還多的時候。」

聽了昴的感想，卡德蒙點頭，拿起一顆放在店前的水果啃咬。看到店老闆在紅色果實上留下齒痕，昴傻眼，說：

「那是商品耶……算了，是不知道水果攤要如何從王選帶來的混亂中找出商機啦。在開始的時間點就落後他人，已經是你的天賦囉，大叔。」

「胡說八道。總而言之，講悄悄話的情況比平常多就是這個原因。現在不管走到哪都在聊那個話題吧。吶，你看那邊。」

大口啃到果實剩下果核後，卡德蒙指向立於大馬路旁邊的招牌。即使在拼命吸引目光的招牌叢生林立的市場中，那個招牌依舊能以高度來主張其存在。

「是喔，可是如果用的是I文字以外的字母我就看不懂了。」

「什麼嘛，這麼不用功。那，看得懂我的店的招牌嗎？」

「感覺是接近I文字的象形文字，不過根本是鬼畫符所以看不懂。」

用難聽話來帶過自己的識字能力的昴，讓卡德蒙厭煩。

「所以，那邊的招牌上寫了些什麼？」

「只有標題的話剛剛就說過很多次了吧。就是『王選開始』啦。」

得到不得要領的回答令昴皺起眉頭，結果卡德蒙粗魯地抓自己的頭。

「知道了啦。那就過去看看吧。小姑娘，幫我顧一下店。」

「明白。」

理所當然放棄工作的卡德蒙，以及立刻接下顧店任務的雷姆，兩者的態度順暢連接在一起，對此只覺得奇怪的昴聳肩。

「不要這麼爽快地把店交給外行人啦。還有雷姆也不要那麼輕易就接下請託啦。」

「只是收下標籤上註明的貨款，和遞交商品跟找零而已。反正也沒客人會上門。」

「最後面把真心話說出來啦！」

被突然正色的卡德蒙拉著走，在雷姆揮手目送下昴走向豎立的招牌。

「話又說回來，不管男女老少都對王選津津樂道。大叔你怎麼看？」

「那是當然。唉呀，誰會成為國王雖然是上頭的事，跟我們小老百姓不相干，但是王位空著可就讓人看不下去。快點決定才是我們的真心話。」

卡德蒙苦著一張臉，如此回答昴的提問。

「不過，講是這樣講，可是只要有賢人會那票人國政就會運轉吧？國王不在的狀況，對國民是有多大的影響？」

「喂喂，玩笑話只要講你的兇惡眼神就夠了。確實在國政方面，是有國王陛下跟個裝飾品沒兩樣的惡評……但與神龍的盟約可是由王族代代傳承的。露格尼卡和南方的佛拉基亞之間的衝突能夠以小規模戰鬥收場，就是因為有神龍守護。」

北有古斯提克，東有露格尼卡，西有卡拉拉基，南有佛拉基亞。

這些是支配這個世界的四大國國名。當然還有其他多個小國，但每個都是四大國的附屬國。

「佛拉基亞帝國……要是沒有龍的話，就會攻進來嗎？」

「因為富國強兵、弱肉強食是那邊的帝政準則。直到四百年前，神龍和露格尼卡締結盟約之前，兩國都在交戰。直到現在，他們都為神龍插手一事恨得牙癢癢呢。」

「這就是國民對王族不在的感想嗎？」

「就算不是，國家沒有國王的狀態就跟生物的腦袋被拿掉一樣，根本無法穩定下來。先王雖然稱不上賢君，但也不是暴君。我是這麼認為的。」

橫過各式各樣的人種組成的人潮，走到高度比卡德蒙的身高還要高的招牌前面。混進抱著相同目的仰望招牌的人牆裡，伸長脖子去看看不懂的文字。

「上頭寫的是王選開始的通知及概要。感覺會在三年後的親龍儀式前決定國王，然後直接執行儀式的樣子。再來就是稍微提到候補者的生平。」

卡德蒙代替昴讀出內容，但都是昴早就知道的事。本來興趣缺缺的他，聽到最後出現的『候補者』三個字後頓了一下。

斜眼看舔著乾唇的昴，卡德蒙自以為了解地點頭。

「你在意候補者？王選的候補者總共有五位。其中名聲最響亮的就是庫珥修・卡爾斯騰公爵，以及合辛商會會長安娜塔西亞。」

「這麼有名？那個叫庫珥修公爵的人。」

「她可是公爵殿下喲？住在王都的人沒人不知道這名字。雖然年輕卻已繼承家業的女公爵，是位翻遍王國歷史也難找到的傑出才女。在卡爾斯騰領地初次出征的事，不但是她繼任當家的契機，還轟動到整個王都都熱烈討論呢。」

「初次出征……」

「棘手的魔獸出現在卡爾斯騰領地的時候，當時的公爵……前任公爵負傷。現任公爵就代替父親，指揮部下迅速彌平事件，使得她成為家喻戶曉的人物。原本就聽說她才氣煥發，不過還具備了讓父親將地位讓給十七歲女兒的器量。」

聽別人述說庫珥修超乎常人的評價，昴越來越覺得面上無光。

絲毫不覺昴的心情，卡德蒙邊用手指磨擦臉上的疤邊說：

「說到合辛商會，沒有商人不知道它這幾年的飛躍性發展。商會會長是個年輕女生——叫做安娜塔西亞的小姑娘，鬥垮大商會後納入旗下的事，簡直就是『荒地合辛』的傳記寫照。甚至還有人說是合辛再臨呢。」

講到安娜塔西亞，卡德蒙就很自豪，同為商人果然覺得與有榮焉吧。一介商人變成國王候補，灰姑娘的故事可說在這裡發揮到極致。

威風凜凜的站姿叫人印象深刻，擁有如鋼鐵般信念的庫珥修。

以及有著一頭淺紫色頭髮和完美關西腔，別具特色的安娜塔西亞。

直立招牌的內容，跟在王選會場講述的一致。既讓市井小民皆知事實，又誠實得不會招致不公平感。

「總而言之，目前就是這兩人呼聲最高，最有可能是下一任國王。但是比起來自別國的商人，我個人認為王國的重臣庫珥修殿下比較有可能。」

「被當成種子選手，是吧。」

只不過，這樣的評價在當事人表達信念之後，受到了莫大動搖。

儘管如此，庫珥修的立場和家世是強而有力的後盾，這點再確切不過。站在不知道她的演說內容的平民角度來看，一定會認為庫珥修就任王位才是最正確的。

「種子選手庫珥修小姐。勢均力敵的對手安娜塔西亞……冷門會爆在哪一邊呢？」

「不能說是爆冷門啦。除了她們以外的三個人都沒沒無名，才夠資格叫爆冷門。」

唸出其他三個候補人的名字後，卡德蒙面露困惑，雙手抱胸。

「連在王都久居的我都沒聽過的名字。普莉希拉這個候補者從姓氏來看似乎是貴族，不過剩下的兩人連姓氏都沒看到。不只她們，合辛商會的會長也拿來當候補，老實說我很懷疑到底是怎麼決定候補人選的。」

關於這點，如果不知情的話昴也會持同樣看法吧。

考量到有公爵家當家，有外國的年輕商會會長，和名字不為人知的旁系貴族，這些都還能理解，但剩下的兩人不要說姓氏了，連出身都不明。

對於不知道選拔基準的國民來說，這樣的情報很不親切。不過，就連知道是用龍之徽章選出候補者的昴，也猜不透龍是以什麼樣的基準選出這五人。

這龍一定是外貌協會。昴不由得這麼想。

無聊臆測下忍不住要笑出來。就在這時候。

「不過，候補人選當中竟然有半妖精，只能說審核的人瘋了。」

眯起眼睛、嘴唇厭惡往下彎的卡德蒙不屑地這麼說。

「雖然候補者的來歷有寫到一定程度，但這個叫愛蜜莉雅的半妖精……半魔竟然也名列候補。根本就是鬼扯淡。」

「你說……半魔？」

「很適合用來稱呼魔女的家累吧。高高在上的人不知道在想什麼。」

瞪著高自己兩個頭的招牌，卡德蒙的眼中寄宿著濃厚的嫌惡感。

聽到他那番話，昴一時之間無法反應。

「──────」

昴對這個疤面老闆的好感度不低。

既是在異世界的第一個交談對象，再次相遇後更加確認他是個值得信賴的人。跟恐怖的外貌相反，其實為人大方豪爽，還是極度疼愛妻女的好漢──至少昴從不懷疑他是個好人。

因此從他口中聽到理所當然地誹謗中傷他人的話語時，只能說意外。而且還是以對昴來說絕對不會聽漏的形式。

「……怎麼每個人都這樣講。她跟魔女又沒有關係。」

「啊～？」

所以說忍不住就頂嘴。

看到卡德蒙一臉莫名其妙，昴便順從情感繼續說下去。

「哈！因為是半妖精所以就當作跟魔女是一夥的，不要隨便亂講啦。那個叫做愛蜜莉雅的女生……搞不好為了這個國家很拼命啊。說不定她是個很好的人呀。」

「等一下啦。我是不知道你是在拼命什麼，不過別幫半魔說話。不知道會被誰聽見的。」

「哦哦，是這樣啊。長得可怕的爸爸對沒見過面的人口出惡言的樣子，可不能給到職場參觀的可愛女兒見到呢。」

說出毒辣諷刺的昴，讓卡德蒙手貼額頭。

「我明白了，拜託別說了。我為自己的造口業道歉。吶，可以吧。」

「……呿！」

雖是無可奈何的道歉，但卡德蒙展現出成熟的應對，令昴只能休戰。不過，面對鳴金收兵的昴，卡德蒙又繼續說：

「是說，你要怎麼想是你的自由，可是半妖精要成為國王，是絕對不可能的事。」

「又說這種話……！為什麼？因為『嫉妒魔女』嗎？就因為那個魔女大人是半妖精，所以其他的半妖精全都很危險嗎!?」

「——正是如此。」

對再度燃起論辯之火的昴來說，這四個字聽起來格外冷冽。

「又說那種話……！」

想要反駁，話卻卡在喉嚨。因為卡德蒙看著昴的目光裡頭有著畏懼。

「魔女很可怕。這是天經地義，任何人都有的共同認知。我是不知道你無知到什麼地步，但至少大多數的人都是基於同樣的理由而迴避半魔。」

「…………」

「聽好了。魔女——『嫉妒魔女』就是這麼異乎尋常的怪物。四百年前有一半的大陸都籠罩在魔女的陰影下，眾多知名英雄和龍都倒在她面前。要是沒有神龍之力和賢者的知識，以及當時的劍聖的話，這個世界早就滅亡了。」

沒聽過的單字，以及不容錯過的內容。昴的視線離不開卡德蒙認真的表情。

「儘管如此，卻幾乎沒人知道做出這麼多惡行的『嫉妒魔女』的真面目。知道的就只有魔女是有著一頭銀髮的半妖精而已。除了語言不通，無法交流想法之外，她還像是憎恨這世界的所有一切，所到之處無不大肆蹂躪破壞。」

卡德蒙瞳孔顫抖，裡頭掠過的情感漣漪，用單純的文字根本無法表達，因為那是整個塗抹在活在這世界上的人們的感情裡。

就像昴看過的繪本，魔女的故事透過文字和口述等各種形式，被綿延傳承下去。儘管過程因講述者而有諸多改變，但結局一定都是連接著絕對性的恐怖，並在這世間的人們的心頭上牢牢敲入不會消失的楔子。

「魔女是畏懼的對象。大家都害怕真面目不明的她。所以說，就算是僅知的內容，都足以讓世人避而遠之。」

「……可以就這樣，把歧視半妖精的行為正當化嗎？」

「至少大多數的半魔個性乖僻彆扭是真的。雖說不知道是骨子裡就這樣，還是被環境造就的。」

卡德蒙的愁眉苦目，是思索過昴擠出來的話後呈現出的懊惱結果吧。

他本身也理解到自己講的話很不講理。雖然，是因為一想到『魔女』就會浮現的感情不去反駁那道理而已。

而那或許，是根植在這世界心底的普遍意識。

「────」

察覺到這點，昴才切身體會到愛蜜莉雅在王選會場懇求的真正意義。身為半妖精，對她來說是無法斬離的宿命，更是讓她無法跟其他人站在同個起跑點的枷鎖。

「所以說，除了會被這麼想，打從一開始她就沒有勝算。到底是誰喜歡到去擁戴那個半魔……搞什麼東西。」

雙手抱胸吐露不滿的卡德蒙，這次似乎是將憤怒的矛頭，從候補者愛蜜莉雅本人轉移到欽選她為候補的人身上。

那樣的態度顯現了卡德蒙的善良，但那依舊是建立在視半妖精為邪惡存在的看法，所以根本構不成安慰。

叫做愛蜜莉雅的少女，必須先和這樣的偏見奮戰。

「她就是得背負這樣的不利條件。」

卡德蒙說昴無知。因為他不理解被半妖精凌虐過的歷史，以及這麼做的魔女的恐怖。

確實，昴對這個世界的歷史是一無所知。

不管是魔女的惡行，還是超乎字面的內容，皆全無所聞。

人們萬分畏懼、忌諱遠避半妖精。而生存在這種環境的半妖精們，是怎麼看待人類的呢？實在難以想像。

但是，她確實曾說過。

『——到此為止了，惡棍。』

凜然的銀鈴嗓音，確實拯救了在痛苦和屈辱下匍匐趴倒的昴。

那時候的她所採取的行動，究竟是基於何種打算或想法呢？

昴不知道這個世界的歷史，不知道魔女，更不知道半妖精。

可是，他知道愛蜜莉雅這個人。

『我的名字是愛蜜莉雅，就只有愛蜜莉雅而已。謝謝你，昴。』

認知中的少女有著一頭銀髮，是固執的爛好人，不在乎自己的利益得失只想助人，和『嫉妒魔女』根本不是同一掛的。

明明應該是活在對自己苛刻不溫柔的環境中，少女卻有著能夠溫柔待人的好心腸。

不管這個世界對她有多麼殘酷不講理，只有昴不會對她——

『——是為了你自己吧？』

突然插入思考和回憶中的冰冷聲音，讓昴背脊發寒。

原本腦內描繪的可愛少女的微笑，轉為銳利視線和嚴詞厲聲。

『我想相信你……可是讓我信不過你的，不就是你嗎！』

信賴被踐踏的少女發出的悲痛聲，在昴狹窄的頭蓋骨裡頭迴響。

自以為了解、覺得自己明白、用一臉什麼都知道的嘴臉和輕率的心情打破約定，所以才被少女譴責。而她對自己的譴責再度戳進胸口。

『——你不說，我不知道啊，昴！』

回憶中的愛蜜莉雅，不斷重複責備昴那一天的行為。

品嚐胸口彷彿被刀割的痛楚，整個人彷彿要被悲傷給壓爛，可是昴也對瞪著自己的少女表露怒意。

我這樣地盡心盡力，幫助妳這麼多，受了這麼多又嚴重的傷。既然如此，期望回報有什麼不對。渴望報答有什麼不對。

——妳不說，我也不知道啊！

不只王選和被歧視的事，還有那一天的想法，愛蜜莉雅什麼都不說。意圖把昴摒除在外，遠離自己的目的，把他當成配角對待。

所以說，昴對不肯談自身事的愛蜜莉雅一無所知。

愛蜜莉雅過去過著什麼樣的生活，是為了什麼而想坐上王位，對這個把自己視為魔女的世界是怎麼想的，昴一概不知道。

唯一不想知道的，就是愛蜜莉雅是怎麼看待昴的。

「——小哥。你不要緊吧，喂！」

「……咦？」

回過神，發現被卡德蒙近距離盯著臉，昴嚇到後仰。

「哦哇！別靠過來，大叔！要有自覺你的臉足以成為他人的死因呀！」

「講那麼過份！剛剛也這樣，突然就發呆。老毛病？」

「如、如果要說火熱燒灼我胸口的思慕是病的話，那說不定真的是病。因為這個病會時而溫柔，時而嚴厲，用像是熱病的麻煩困擾人……」

「我知道你身染絕症了。好了吧。回店裡去了。」

用輕浮的話語帶過被趁虛而入的驚嚇，卡德蒙搖頭表達懶得理他。跟在他背後回店裡的路上，昴發現自己全身都被冷汗給弄濕了。

那是以自己的何種感情為起因呢？思考的期間腳步十分沈重。

「是說，可能是我多管閒事。」

背對面朝下的昴，卡德蒙突然低聲說。

他用音量小到都快聽不到的聲音，跟昴說。

「在大庭廣眾之下，別輕易說出魔女這兩個字。雖然我沒資格說你……但不知道會被哪裡的誰給聽見。」

他應該不是要重回先前的話題吧。

卡德蒙聲音中的嚴肅，讓昴用沈默作為明白的證據。

根深蒂固的歧視意識，畏懼的原因。不小心說出口，有可能會惹人不高興。至少，不想在王都引起更多的爭執。

「——會被人聽見啊。」

撇開昴的理解不談，卡德蒙重複這麼說，叫人印象深刻。

就這樣穿越人群，走向水果店的兩人氣氛有點凝重。

昴沒有整理好自己心中的感情，卡德蒙似乎對認真和昴爭論一事感到丟臉。兩人幾乎都不說話，回到卡德蒙的店裡。

不過。

「兩位回來了。方才，最後的客人剛離開。」

遞交商品和零錢，客氣行禮目送客人離去的雷姆這麼回答。卡德蒙則是目瞪口呆凝視店面。一臉蠢樣的店老闆，面前是空蕩蕩的商品陳列櫃。

負責看店而自暴自棄的雷姆賤價拋售商品——這樣的答案不成立，看裝貨款的籃子盛滿貨幣就知道了。也就是，商品全賣光了。

「竟、竟然在這麼短的時間，就破了我店裡平時的銷售額……」

身為商人的自尊受損，卡德蒙雙手掩面跪下來。

毫不理睬老闆的自尊，雷姆翩然踏出櫃臺趕到昴身旁。

「怎麼樣，昴？雷姆的奮鬥很棒吧。因為聽昴說老闆是你的恩人，所以就試著努力想要幫點忙。可以誇獎雷姆沒有關係喔？」

昴知道不住偷瞄過來的雷姆，正在揮舞看不見的尾巴，言外之意是『快誇獎我！』。看她那樣子，昴覺得自己的胸口變得稍稍輕鬆。

「……雷姆果然很厲害呢。」

「是的。不過，姊姊更厲害喲。」

「就說不懂你那超級姊控理論了。」

苦笑的昴溫柔地撫摸雷姆拘謹伸出的腦袋。品味已經習慣的髮質時，雷姆也在昴的柔軟手勁下輕輕發出撒嬌聲。

在這兩人背後的卡德蒙，用手指撫摸自己臉上的疤，垂頭喪氣地說：

「做生意果然還是要看外表啊……」

這聲低語，道盡了自己店裡的生意始終沒起色的原因，雖然已經太遲了。

4

「原——來如此喵。所以帶回來的就是這些贈禮凜果喵。」

用叉子刺向被切開的紅色果實山，邊將沁出汁液的的果肉送向嘴巴，邊震動頭上的貓耳的人，做出撩人的舉動後微笑。

留至肩頭的亞麻色頭髮，和相同顏色的短貓耳。又大又圓的淘氣雙眼，別在頭髮上的白色蝴蝶結令人印象深刻的美少女——只有外表，其實應該要說是美少年。

「嗯，我就只留下嚐味道的份，其他都交給廚房了。那個先不說，不要邊拋媚眼邊舔嘴唇。我背部都發冷了。」

不對，他那是在知道自己的外表和性別下而有的舉動，所以應該稱他為偽娘吧。

時間是傍晚前的點心時間，凜果是當作點心帶來房間享用的。

這個凜果是卡德蒙對短時間內就刷新店裡銷售記錄的雷姆獻上的感謝及氣憤的證明，也就是送給她的禮物啦。後來跟說要回房更衣的雷姆約好待會在這房間會合，在晚餐之前完成滯留王都期間的例行作業。

「不過呢，一回到房間就發現有個討厭的偽娘搶先一步跑進來。雖說沒上鎖的我太不謹慎了，可是這種無禮行徑不是騎士大人該有的作為吧？」

「有什麼關係喵。就想成這是菲莉以心相許的證據囉。這種懶洋洋的樣子，就算搞錯也不能給庫珥修大人看到咩——」

偽娘——菲莉絲邊說邊像倒下一樣撲向昴的身邊。趴在床上的他饒富深意地仰望臀部感受到床墊反彈的昴。

「剛剛，你心跳加速了吧？」

「是心臟裂開來啦。我可不覺得哪裡怪怪的，畢竟我完全沒那方面的興趣。我的性向很正常，喜歡的是女孩子。」

不管外表看起來有多可愛，性愛都無法跨躍性別的障礙，這就是昴的想法。

賣弄風情後菲莉絲露出受到打擊的表情。對此昴只是厭煩地搖頭。

「說起來，我完全想不到讓你以心相許的理由。我不記得跟你的感情有特別好，還是說我散發著危險費洛蒙？」

「哦，這很簡單呀。——因為昴啾毫無疑問地比菲莉醬還弱。就是這麼弱不禁風，所以可以放心。」

聽到拄著臉頰的菲莉絲若無其事地這麼說，昴一瞬間口拙。

「你性格超惡劣的。」

「唉呀呀，真——意外。還以為你會更生氣呢喵。」

「那是事實吧。我不會為這件事動怒的。」

深切體會到自己的弱小，對昴來說已有多次體驗。

自從被召喚至異世界後，昴數度因軟弱無力而潰敗。如果說在練兵場與由里烏斯對戰的那一天是最高潮的話，那麼在這間豪宅就是以被威爾海姆打倒的次數取勝吧。再加上這份無力感，可不是異世界的專利。

強烈感受到自身的無力，這種滋味不管活在什麼樣的地方都會品嚐過一次。

「一直說我是個弱雞，那你又怎樣。當然，既然是隸屬於近衛騎士團，想必是鍛鍊有素吧……」

「嗯，菲莉醬嗎？劍術方面一點都不拿手喲？而且騎士劍很重所以就拿掉了，身上就只帶著庫珥修大人送的短劍。拿來揮的話手會起水泡，所以人家都不用的。」

哈哈大笑、揮舞雙腳的菲莉絲讓昴覺得很掃興。

坦率承認弱點的樣貌，同時給人勇敢和遺憾感。不將弱點視為弱點的態度，對現在的昴而言實在是無法給予肯定。

「不過——」彷彿看透沈默的昴的內心，菲莉絲拉長語尾說：

「菲莉醬的長處跟劍不相干啦。所以說就算當個派不上用場的騎士也完全不在意喵。」

「這樣啊。既然當事人都接受的話那很好啊。——很‧好‧啊。」

可以仰賴的長處十分的牢靠吧，菲莉絲的發言充滿自信，沒有的昴覺得坐立難安，於是別開視線。

結果，可能是因為昴背對他吧。原本躺在床上的菲莉絲撐起身子，把體重直接壓過來，看起來像是依偎在昴的肩膀上。

「心跳加速了？」

「只有第一天會，之後就沒了。要做的話就麻煩直接快點做啦。」

「無趣耶喵——」

嘟起嘴唇，菲莉絲挺直上半身，手輕輕貼在昴的雙肩上。他就保持這個像在敲背的姿勢，靜靜地閉上眼睛。

——暖意，透過菲莉絲的手掌，從昴的肩膀開始在全身循環。

昴知道，從菲莉絲的手掌發出的水之瑪那力量，來到昴的體內被稱做門的魔法器官後，逐漸充沛起來。

「慢慢地——穩定地——輕輕地——。啊，發現分岔的頭髮。昴啾出乎意料很辛勞的這種感覺滲透出來了。啊，也有白頭髮。拔掉囉。」

「好痛！我說你，可以不要邊說話邊工作嗎？瑪那在身體快速流動的感覺很噁心耶。要是不集中精神的話會兩眼昏花啦。」

頭有點重，手腳又懶又酸。感覺身體好像輸給為了變健康而進行的治療。

王都首屈一指的水之魔法使者菲莉絲——本名菲利克斯‧阿蓋爾。

菲莉絲以治癒魔法之力，治療昴體內受損的門，就是昴在庫珥修宅邸叨擾的原因。

使用水魔法治療，看字面的意思還以為會很清涼溫柔，但實際上才沒那麼簡單。門是用來施展魔法的器官，而昴讓門受損的直接原因，是服用藥物強行逼使已經枯竭的門擠出瑪那。

要治癒重複亂來又勉強導致的後果，治療當然也就相對地變得粗暴。

「總之就是堵住會漏水的破洞，同時還要把積在水管裡的霉菌和垃圾一併推出來啊……」

「什麼啦。總覺得那種說法讓人很不開心喵——？」

「我只是在自虐。不用在意。啊——好噁心。」

轉動脖子，邊跟背後的菲莉絲告知感覺邊忍受噁心感。

在庫珥修宅邸生活的第三天——亦即，接受菲莉絲治療也是第三天，不過這段時間身體也稍微習慣了。

第一天的時候因為壓抑不住上湧的嘔吐感，當場就嘔出聲來。

「唉呀——第一天是沒辦法喵。畢竟也要直接灌進混濁不清的地方，另外身心都受創的活屍狀態也是有影響的吧？」

「不要鞭打人家不想被戳中的痛處啦，你這傢伙。」

菲莉絲應該看不見昴的表情，卻僅憑身體的動作就能解讀他的心思。他這個地方真的很可恨。毫不猶豫就挖人傷口的方法，可以說比沒有自覺在揭人內心瘡疤的萊因哈魯特更加毒辣。

「果然昴啾是在想報復的事？還找威廉爺練習，跟這不無關係吧喵？」

「麻煩不要戳男生那方面的敏感部位好嗎？你應該懂我的心情……你懂吧，這種狀況!?」

「不可能不懂吧喵？因為菲莉醬也是有想變強的時期。……唉——不過現在已經放棄那種有衝勁沒天分的事了。」

避開成為偽娘的原因後，菲莉絲的聲音聽起來有點消沈。

這樣的反應似乎是他的真心話。一這麼想昴就有點吃驚。像菲莉絲這樣爽快下結論的人，原來過去也曾迷惘過。

迷惘的結果就是菲莉絲發現了自己的魔法素質，而放棄了武術之路。那樣的話，昴又是如何？有任何一個可以向其他人誇耀的東西嗎？

如果能夠找到的話，就能抹去心頭這片悽慘的心情嗎？

「所——以——說，別再去想報復這種黑暗的事比較好喲喵？菲莉醬不想講這種話……但萬一有個下次，昴啾真的會死喔？」

「……那種事，我也知道。」

一臉鬧彆扭，閉上一隻眼的昴只在嘴中低喃回應。

先前和由里烏斯的那一戰，昴被打趴到連話都沒辦法說。儘管被單方面慘K，但也知道自己被由里烏斯同情。

不然的話，就無法說明為何被毆打得這麼慘，卻沒留下任何後遺症。

不單單是因為菲莉絲治療的技巧高明。由里烏斯和昴之間的差距大到叫人絕望。理解到這點後，昴就以威爾海姆為師。當然他並不會以為只是做幾天的修行就能強到不像話。只是——

「有——什麼不好的喵，就沈溺在怠惰裡吧。昴啾遇到很多事，所以身體狀況差到爆。就算以治療的名義呼呼大睡也不會怪你的喵。就讓身心慢慢地鬆懈，反正不會有人抱怨喲？」

昴連辯解的時間都沒有，菲莉絲又緊接著繼續說下去。

惹人嫌的表達法有欠顧慮，但內容對昴現在的心境來說卻是甘甜至極。平常的話會覺得反感，現在不知為何卻讓內心搖擺不定。可是……

「——菲利克斯大人。請不要哄騙昴。」

平穩的聲音介入，讓昴稍覺焦急而回過頭。

站在房門口的，是面無表情正看向這裡的雷姆。她應該回自己房間換過衣服了才對，但穿著看起來跟在王都閒逛時沒什麼改變。

察覺到昴詫異地皺眉，雷姆輕輕拎起裙擺。

「從外出用的女僕裝，換上訪問用的女僕裝了。」

「哦、哦，是這樣啊。雷姆不論何時都會察覺我的想法然後搶先回答呢。」

「是的。因為雷姆希望在昴的面前常保新鮮。」

「妳的心情我很高興，不過那種說法好像在講生鮮蔬菜。」

面對提出新鮮度這種說法的雷姆，昴如此回應。雷姆沒有答腔，視線投向菲莉絲那兒。

「連日來勞您治療昴，十分感謝。但是，請不要趁機誘惑昴。」

「誘惑這種說法真難聽喵。菲莉醬可是規矩嚴肅地為昴啾著想才那麼說的喵——」

聽了雷姆的話，菲莉絲嫵媚地笑，再度靠上昴的背。透過手掌從肩膀流進來的力量通過身體，又從整個背部一口氣灌進來。

被灌入超過容許量的瑪那，導致昴的意識在瞬間飛到九霄雲外。

但是——

「菲利克斯大人，戲弄還請適可而止。有些情況不是用開玩笑就能帶過。」

飛走的意識在頭部承受柔軟的衝擊後又回來了。

清醒過來的昴，視野被白色布料覆蓋。凝神細看就知道按在臉上的是眼熟的圍裙，同時也察覺到自己正被雷姆抱著頭。

「喂喂，雷姆。在別人面前這樣會有點害羞……！」

「昴稍微安靜點。——菲利克斯大人？」

雷姆的手，把想用耍嘴皮子帶過害臊的昴抱得更緊。她的嘴唇吐出的聲音一本正經，感情冷淡得像冰凍過。

「對喔。雷姆醬也能稍微使用水系統嘛。既然如此，難怪會想對菲莉醬的作法提出意見。」

講得就像是惡作劇被看穿的小孩，菲莉絲用手指輕輕劃過昴的背。

「喂，菲莉絲。那種挑逗的指法，被你這個偽娘使出來我一點都不高興……唉呀，慢著，雷姆小姐？臉是很舒服啦，但力道有點強、強、強過頭呀啊啊！」

「啊啊，昴，對不起。都怪菲利克斯大人不肯放開……一想到與其被別人搶走，倒不如……」

「你那想法有點危險耶⁉」

感覺頭蓋骨有變形的危機，昴連忙逃離雷姆和菲莉絲的包夾，躲在房間的角落充滿警戒心地瞪著兩人。結果雷姆搖頭像在嘆氣。

「昴好可憐。留下害怕恐懼的陰影了。」

「妳最後那句話最可怕啦！雷姆妳有一點病嬌的素質喲⁉」

無視昴的抗議，雷姆和菲莉絲隔著床面對面。在雷姆不帶感情的視線下，菲莉絲難為情地用手指繞起亞麻色頭髮。

「雷姆醬會生氣很正常，不過菲莉醬也不都是有所企圖才這麼做的喲喵？真的有一咪咪是在為昴啾著想。」

「除了那一咪咪之外呢？」

「剩下就是審酌菲莉醬的朋友的心情，其他全都是為了庫珥修大人喲？身為隨從是理所當然的吧喵？雷姆醬不也是嗎？」

「沒有錯。所以，雷姆會怎麼回答，菲利克斯大人應該明瞭。」

從雷姆的視線看出什麼了吧，菲莉絲舉起雙手投降。

「明白了。非──常──清──楚──明──白。以治療為名行洗腦之實，人家也想停止。」

「今後治療，雷姆一定會在旁邊。」

「唉呀呀，不信任人家喵。雖然沒差啦。」

菲莉絲斜眼看昴。像要保護昴免受視線侵害，雷姆移動至昴的前面，於是菲莉絲就拉長身子隔著雷姆的肩膀俯視昴。

「就是這樣喵，因為被雷姆醬罵了，所以今天就到這。下次到更隱密的地方幽會吧？」

「誰跟你幽會啊，而且你剛剛說洗腦對吧!?講那麼危險的東西下次誰還敢跟你獨處啊！」

「好啦好啦，你這個誘受。」

「誰是誘受啊，其實你根本不懂意思吧!?」

擺出自以為了解的表情，菲莉絲下了床，邊伸懶腰邊走向門口。

「雷姆醬。」

腳步卻在手碰到門之前停了下來，回過頭。

「是。」

「或許說了這種話妳也不會相信喵……為昴啾著想而那麼做，不全都是謊言喲喵？」

「……雷姆明白。」

因為站在後面，所以昴看不見雷姆的表情。不過，雖然雷姆回答得很簡短，但卻帶了些許躊躇，叫人在意。

「是嗎。那就好喵。掰逼——」

留下輕率的話語和笑聲，這次菲莉絲真的離開客房。

不知為何覺得極度疲勞，昴一口氣虛脫到癱坐。

「明明是在治療，為什麼卻非得覺得這麼累不可。」

「昴，你不要緊吧？」

「嗯……我想不要緊。雖然不是很懂，但我是被妳救了？」

「很難說。菲利克斯大人徵收瑪那後並沒有對昴抱持著惡意，方才的行為也是……搞不懂他的想法。」

雷姆思索，昴彎曲脖子。

「嗯——結果，剛剛是怎樣的狀態？」

「直到方才，昴全身的瑪那都在被菲利克斯大人干涉。」

「這樣啊。為了治療，應該是會那樣子。老實說，我覺得很噁心，一點都不舒服，不過有盡量憋著。」

「像那樣將瑪那委由別人，就等同於接受那人進入自己體內。昴因此變得很容易聽信菲利克斯大人的話。」

「根據妳所說的，感覺很危險耶!?」

昴連忙站起來，觸摸自己的身體邊確認邊問：

「沒問題吧？有沒有哪裡變得怪怪的？不知道是不是心理作用，我哪邊是不是變得女性化，還是講話會在語尾加可愛的音！」

「放心吧，昴很帥。請相信一直看著昴的雷姆。」

雖然覺得是莫名不能聽過就算的發言，但昴就順其自然撫摸胸膛放鬆。然後再次確切體會到自己置身在何處。

「一這麼想就很那個呢。這裡再怎麼說，也算是敵人的根據地之一。太過放鬆的話警戒心也會跟著鬆散。」

「請放心。原本就散漫到無可救藥的昴根本不用擔心，因為雷姆會一直繃緊神經。」

「散漫到無藥可救還真抱歉喔!?」

現在，雷姆揭開衝擊性的真實。在昴懶洋洋過日子的期間，雷姆卻是孤軍奮戰。光想像就覺得無地自容。

「今後我也會稍微注意的。畢竟在這裡的都是『敵人』。」

「……敵人嗎。」

自己的視野變得狹隘了，要重新繃緊神經。

對昂這樣的決心，雷姆喃喃說了些什麼，但昂沒有察覺。

確認身體沒事後，他看向室內牆壁上的魔刻結晶。

「唉喲，時間都浪費掉了。在被叫去吃晚飯前先用功吧，雷姆老師。」

說完，昂就走向客房裡的書桌。桌上有剩下的凜果，以及從羅茲瓦爾宅邸拿出來的昂的唸書工具組。

對於還不精熟異世界文字的昂來說，接下來是唸書時間。

「那個稱呼，不管聽幾次都不習慣呢。」

「就教學立場而言，我認為不錯呀……如果討厭我就不這麼叫囉，老師？」

「不！請繼續這麼稱呼！因為那是專屬於雷姆的稱呼！不可以用來稱呼其他人！雷姆會生氣的！」

「被妳這樣子咄咄逼人我會不知道怎麼辦啦！可惡啊，不可以輸……！」

在奇怪的地方發揮不服輸後，昂猛然面對書桌。

站在他身後，用慈祥目光看照著昂的雷姆，有時像是思緒不在這裡、望著遠方，然後又微微繃緊表情。

「老師，這邊我不是很懂。」

「真拿昂沒辦法呢。沒有雷姆就什麼都做不到。對此偶爾也是可以用行動表達謝意的喲？」

雖然那樣的表情在聽到昂的聲音後立刻煙消雲散。

5

「剛好。菜月・昴，可以陪我一下嗎？」

被人叫住，是在昴洗完澡要回房間的途中。

地點在庫珥修宅邸的二樓大廳。叫住已經要走完樓梯的昴的，是手持盤子的長髮女性。

一瞬間會不知道對方是誰，是因為對方的服裝和氣氛與平常不同。

「……請問是，庫珥修小姐嗎？」

「是啊？有什麼奇怪的……哦，對喔。你是第一次看到我沒穿辦公服的樣子。既然如此也難怪了。」

僅憑昴皺眉頭的反應，庫珥修就看出他在困惑什麼。

她現在褪去了平常穿的軍服，身穿一件黑色的薄睡衣，肩膀則是披著披肩。跟前方牢牢緊閉的軍服不同，鬆緩的睡衣清晰地透出女體起伏，大大翻轉了給人的印象。

不自覺害臊起來的昴別過目光，但庫珥修沒察覺。

「不管怎樣，疑問解開了就好。回到一開始我問的，你有時間嗎？方便的話，想請你陪我晚酌一番。」

「……我不會喝酒耶。」

「那喝水也好。因為我也不打算喝到醉。」

淺淺一笑，庫珥修也走上樓梯，不過卻是往更高層走。昴猶豫了一下，覺得沒必要鬧得不愉快，於是就小跑步追在先走一步的庫珥修身後。

——庫珥修帶昴到宅邸三樓的陽台。

「今晚夜風涼爽宜人。最適合邊看夜空邊品酒。」

陽台一角擺設著白色桌椅。先坐下的庫珥修以視線示意昴坐到對面，於是昴就戰戰兢兢地坐下。

「為何今天邀請我呢？跟菲莉絲喝一杯不是比較好嗎。」

「當然，平常是菲莉絲陪我。……今晚他因為工作而沒空。」

庫珥修所說的工作——指的就是連在王都也有大量邀約的治癒術師工作。菲莉絲連日來對許多人施行傍晚對昴做的治療，行程表密密麻麻到連休息的時間都沒有。

「況且偶爾像這樣和立場與職位不同之人喝一杯也不賴。」

「剛剛也講過，我不會喝酒。」

「那就多放一點冰塊進去吧。然後再倒冷水進去就好。來。」

酒杯放在盤子裡頭。一杯倒入琥珀色的酒液，另一杯注入透明的水。接過遞出來、裝水的酒杯，昴不情不願地和庫珥修的杯子輕輕撞擊。

陶器清脆的聲響，和裡頭的冰塊搖晃的聲音重疊，庫珥修瞇起雙眼。

「你似乎苦思很多煩惱，不過放心吧。我並不打算從你身上探問出什麼。我發誓不會做出那種卑鄙行為。」

「不，我沒有……擔那個心。」

「乘著夜風，看得出不安與疑慮的神色。不需要彆腳掩飾。以陣營來說我們是政敵，更何況你的警戒叫人滿意。我也不會忘記自身的信念。」

杯子裡已注入一半的酒，庫珥修以紅舌舔舐享受。感覺內心整個被看穿的昴，五味雜陳地以冰涼的水滋潤喉嚨。

「這麼說來，妳連續多日都很忙碌的樣子……果然跟王選有關？」

「──。哈哈哈！才剛說不需警戒，就立刻試探對方嗎。這我倒是完全沒預料到。以政敵來說，才是正確姿態呢。」

「生來就厚臉皮和不懂得看氣氛，是我最大的特色。」

「還有把缺點當成優點推銷的三寸不爛之舌，應該要加上這點。確實，連日來的忙碌是因為與王選相關的雜務增加。菲莉絲和威爾海姆也跟著辛勞。」

愉悅地舉杯暢飲，庫珥修開心地鬆口吐露。看這樣子，昴決定大膽出手，視線從陽台瞥向底下的庭園。

「很多東西搬進宅邸，還有進進出出的人，也都跟這有關？」

「沒想到你眼睛很精明呢……不，那樣公然進行的狀況，會被發現很正常。」

絲毫沒有不高興的樣子，庫珥修微綻嘴唇回應昴的提問。
「不能說沒有關係。這屋子目前正因某件事而在聚集人才與物件。說不定最近，還會給你和雷姆添麻煩。」
「就算是大麻煩我們也不會在意的……發生什麼事了？」
「──你有聽過威爾海姆侍奉我的原委嗎？」
以問話回應問話，昴說不出口而閉上嘴。
不過，現在知道庫珥修所說的某件事，跟威爾海姆有關。而更進一步的內容，若沒那位老人的許可就不得深入。
「你可以自由猜測。……說太多了。這樣說不定會被威爾海姆罵。」
「看不出來威爾海姆先生是會責怪主人的人……」
「在這方面，威爾海姆是個毫不留情的人。你可以參觀看看他指導我劍術的樣子。因為是第一次見面時發生的事，他本人也覺得丟臉吧。」
淺淺一笑，用紅舌舔酒的庫珥修區隔開話題。昴為了重置腦袋而尋找別的話題。
「說到指導劍術，庫珥修小姐每天都很有熱忱在練劍？」
「女人不適合揮劍，你也想勸進這種話？」
昴忍不住心虛，庫珥修閉上一隻眼睛。
「開玩笑的。我自幼就被人這麼說，早聽慣了。卡爾斯騰家的千金，明明是弱女子卻對劍術痴狂。比起欣賞花卉更喜歡折斷手臂，講到公爵家就不得不提到那個傻子。」

「……跟我聽到的傳聞相去甚遠呢。街頭巷尾都在稱讚庫珥修小姐，說妳是名留青史的豪傑。」

「看過我的功績後才改變評價的。雖是驟然改變觀感的自私說法，不過之前都沒做出成果，是我的怠慢所致。我並不打算責備改變評價的諸侯。關於市井小民說的話，不得不說是讓我難為情的評價。」

不問好惡、完整接受他人對自己的評價，這是要有多大的器量才能做到啊。

這位名叫庫珥修的女性，毫不避諱『身為女性就應該要如何』的偏見。而且，使她的評價有戲劇性變化的功績——昴剛好想到。

「那個改變觀感的契機，據說是庫珥修小姐膾炙人口的初次出征？」

「嗯……」

在話題上下功夫的昴面前，嘴唇貼杯子的庫珥修不語，然後瞇起琥珀色的雙眸，說：

「丟臉。」

說完就背過臉，這種鬧彆扭的舉動實在不像她。

「丟臉？沒那回事吧。我聽說妳是在沒有父親的幫助下，漂亮地擊殺襲擊領地的魔獸。而且還是初次出征，這不是很帥嗎。」

「很帥嗎。我要訂正一點。我並沒有擊殺魔獸，只有驅逐而已。代替負傷的父親，厚顏無恥地指揮家臣，太輕率了。」

「不過，有做出成果吧？」

「當然。不顧父親的反對堅持出陣，若是失敗的話可沒臉回去。不過，問題不在結果而在過程。當時的青澀，對現在的我來說是難以忍受的恥辱。」

不是不高興，但庫珥修表現得很冷漠。

像英雄故事一樣被百姓瘋傳的事件，當事人卻羞愧得不想提起。對庫珥修來說，昴選擇的話題正是『強者的致命傷』。

「你也很壞心，哪壺不開提哪壺呢。該稱讚你不愧是政敵嗎？」

用這麼一段話為話題作結後，庫珥修用半開玩笑的眼神射穿昴。

被冠以莫須有的嫌疑，昴毫無解釋的餘地。為了化除尷尬而喝了一口水，嘗試變更話題。

「順、順便問一下，有沒有發生什麼跟這不相干的事呢？」

「──有喔。王選的事情廣為人知後，提親的人數飛躍性地增加。我畢竟是公爵，會有人來提親也是自然。」

「噗！」

本想探聽政敵敵情，卻沒想到話題的進展出乎意料，昴忍不住噴茶。

「提、提親，是要結婚嗎？」

「我也已經二十歲了……就年齡來說，步入婚姻也不奇怪。但是我的性別和立場比較複雜，因此之前這事都隨便帶過。」
「啊──既是公爵又是女人，的確讓男人退縮……對吧？」
「正是如此。不過此一時彼一時也。之前直接上門來的人，見過我的為人後全都罷手……但這次的狀況不同。」
闔上雙目，庫珥修含住比方才還要多的酒後，以舌頭轉動。
成為王位候補人選，使得庫珥修的地位從公爵躍升至國家中樞。至今對提親提不起勁的傢伙，也都衝著這點繞著庫珥修打轉了吧。
「庫珥修小姐，妳對婚事變積極的呢？妳有意要結婚？」
「怎麼說好呢。那也是我盤算的內容。視締結婚約的對象而定，可成為助力增加我在王選中的優勢。關於這點，所有候補人選都是單身，條件是一致的吧。只有寡婦普莉希拉・跋利耶爾的狀況有點不同。」
「對、對喔……每個都是單身。條件一樣……結婚啊……」
聽到庫珥修的意見，不安的浪潮推擠昴的胸口。
婚姻──藉由與權勢者結合，吸收對方至自己的陣營中也是一種方法。庫珥修不用說，其他候補者就算被人提親也不奇怪。
當然，這對名為愛蜜莉雅的少女而言，也是一樣。
「雖然報了一箭之仇卻太壞心了。原諒我，菜月・昴。」

「……咦？」

被愛蜜莉雅可能結婚一事給佔據思緒的昴，遲了一下才對她的謝罪產生反應。

「在眾人決定下，明訂執行親龍儀式前的王選期間，禁止候選人結婚。講好聽是要求男性在效忠個別候選人之前請先為國家盡心盡力，不過事實上是為了避免藉由婚姻關係來壯大派系鬥爭而衍生的苦肉計。」

「那、那樣說的話，跑來找庫珥修小姐提親的事要？」

「全都要等到王選結束後再說。比起決定國王後才提親，在決定前先提親的人風評比較好聽吧。雖說開空頭支票叫人敬謝不敏。」

昴頓時放心。既然有協議並頒出禁止結婚令，那愛蜜莉雅就不會在自己不知道的時候跟別人結婚。

「不過是把婚姻往後延，私底下先把事情說清楚講明白。」

「……庫珥修小姐，玩弄我的男兒心很愉快喔？」

「是你先挖出我的恥辱。這點程度的回敬不為過吧。」

面對訴說不平的昴，庫珥修一臉乾脆，搖晃杯子。

「在自覺身份差異下，還誠實面對自己內心的人並不常見。屆時會迎來什麼樣的結局，就我個人來說可是興致勃勃。」

「與其關注別人戀愛，先搞好自己的吧。庫珥修小姐既然都二十歲了，應該是經驗豐富？」

「很遺憾，生在卡爾斯騰家就意味著不可能自由談戀愛和決定婚姻。身為女性的我更是不執著。」

被玩弄而反擊的昴，得到意想不到的答案。

關注昴的戀情的同時，自己又早早放棄自由戀愛之路。不是憑自我意識決定結合對象，而是依靠身份和家世來挑選，這就是庫珥修的結婚觀念。

看著在杯中融化的冰塊，庫珥修的眼眸浮現平靜的決心和不讓步的信念。那些是長期培養構成的，昴一時之間無話可回。

夜風吹過陽台，庫珥修用手撫摸自己飄逸的頭髮。

白皙的肌膚，細長的眼睛，美麗的綠髮，和典雅滿盈到讓人顫抖的貌美側臉。

不執著以女性身份而活。庫珥修雖這麼說，但她活脫脫就是一名美女。這樣的事實彰顯她的信念是多麼崇大高尚，同時不可動搖。

「庫珥修小姐……妳，是怎麼看王選的呢？」

耐不住沈默，昴選擇話題時不得要領。對此，庫珥修閉上眼睛思索。

「呼嗯。雖然在王選會場就說過，不過我一直對國家的樣貌抱持著疑問。」

「……妳是有這麼說過。」

「假若得到王位，我的方針就如當時所言。雖然，龍歷石選了我為候補。選擇會跟龍切斷盟約的我，這是龍的意思，亦或是天的代言人所為，不管哪一個，都是做了通情達理之舉。不覺得嗎，菜月・昴？」

被庫珥修一問，昴無法立刻回答，只好沈默。

「我不會謙卑也不會誇大評價自己的能力和立場。評價不是自己，而是由他人斷定。因此我會獲得候補者的地位，是因為肉眼看不見的某位人物對我的評價不錯吧。基於某位人物對我至今以來的生活方式的評價。」

「聽起來像是想要回報那個人的評價？」

「剛好相反。評價是他人賦予之物，可是是在事發之後才添加的。是看過符合那個人的能力的作為及其結果的第三者賦予的。如此毫不猶豫地將我置於可觸及王位位置的龍歷石——那樣的意圖，只能說是耍小聰明。」

庫珥修邊瞇起琥珀色的眼睛，邊看著杯中逐漸變小的冰塊。昴想不到要怎麼應答，只深深體會到彼此眼中的世界有多麼不同。

無法承受這份緘默，昴把杯中的冰塊含入嘴中咬碎。

「啊——！為何昴啾會在這裡喵!?」

用冰塊的聲音打破沈默的昴，被突然插入的聲音責備。

看向聲音來源，跑向陽台的是肩膀上下起伏、正在喘氣的菲莉絲。逼近的菲莉絲手一放上餐桌，搖晃杯子的庫珥修就慰勞他。

「辛苦了，菲莉絲。不好意思。我想說你回來應該很晚，就先拿菜月・昴當下酒菜喝一杯了。」

「妳說拿我當下酒菜!?」

「討厭——真是大意不得！唉呀？而且庫珥修大人酒喝得比平時還要多呀喵！」

來回看杯子和酒瓶，確認酒精減少的份量後菲莉絲開始哇哇叫。

「昴啾也變得有點親密……還那麼開心地聊天……好嫉妒！」

「比預期地享受到更多飲酒樂趣是事實。難得跟人聊那麼多。雖說也有受辱的話題。」

「只斷章取義那部分會讓人誤會的，庫珥修小姐！」

「氣死人——！竟然有這種事喵！而且庫珥修大人還打扮得這麼沒有防備！」

在菲莉絲的指摘下，庫珥修看了看身穿睡衣披著披肩的自己，然後歪頭思考，最後放下杯子站起來。

「很奇怪嗎？可是我平常跟菲莉絲晚酌的時候也都穿這樣啊？」

「不——一——樣！不行就是不行！跟菲莉醬在一起的時候沒關係，但不可以跟這種飢餓的野獸男兩人獨處！男人都是色狼喵！」

「少撇開自己不講！你也是男人吧！」

昴也跟著怒罵像個老媽子一樣叮嚀庫珥修的菲莉絲。他的心靈可還沒忘記被菲莉絲的性別背叛時的打擊。

「菲莉醬不會用下流的目光看庫珥修大人，所以沒關係喵——。可是昴啾見一個愛一個，讓人信不過喵。」

「開玩笑也要恰如其分，菲莉絲。菜月・昴心儀的對象是誰，在王選會場的所有人都已知曉。像我這種不可愛的女人，他根本不屑一顧的。」

庫珥修說完用視線徵求同意，昴一瞬間猶豫了。

「這個嘛……呃，大概……是吧？」

「啥鬼？講那什麼話？庫珥修大人哪裡不好了？宰了你喲？」

「你是要我怎麼回答才滿意啦!?」

「慢著。為何你剛剛透露出謊言和猶豫的氣息。究竟是怎麼……哦，這樣啊。因為你還有雷姆。確實是我疏忽了。」

「怎麼連妳也理解得莫名其妙！」

點頭的庫珥修，和冷冰冰瞪著昴的菲莉絲。庫珥修做出的結論很可怕，但平常可愛討喜的菲莉絲認真起來的魄力也不容小覷。

拚死辯解終於解開誤會，三人再度一同沐浴在陽台的夜風中。

在一點一點舔水的昴面前，庫珥修和菲莉絲互相往對方的杯子裡斟酒。看了這樣的互動，昴道出疑問。

「兩位感情很好呢，交往很久了？」

「呼嗯。還要繼續探查敵情？」

「沒那個意思啦。只是看到迷戀妳的菲莉絲，單純產生這樣的疑問。」

坐到庫珥修旁邊的椅子上，菲莉絲側目望著一同品酒的主子。

菲莉絲過頭的欽慕，決不是短時間內培養出來的。

「我想想。我跟菲莉絲來往很久了。已經……十年了吧。」

「是十年又一百二十二天又六個小時左右喔。」

「數字正確到很恐怖耶！」

講完後被瞪，昴後悔多說那一句。菲莉絲手貼臉頰，說：

「即使到現在，初次見面的庫珥修大人的英姿依舊烙印在我眼底。菲莉醬從那一天開始，就成為庫珥修大人永遠的忠僕了喵。」

「菲莉絲說得有點誇張。我不過是盡我應為之事。其結果是得到了你這名忠臣，這可以說是我人生中最大的幸運吧。」

沒什麼大不了，就只是量不同而已。不過這兩人是依戀彼此的關係。在挑戰王選的主從之中，論關係性也是最穩固的吧。

「跟某處的某人可是大大不同，我們感情好的很喲？」

「——呃。」

「討厭——昴啾真的很好懂耶——」

浮現又默默扼殺的想法，被菲莉絲整個化做言語。即使面頰僵硬的昴瞪他，笑著喝酒的貓眼卻佯裝不知。

「就我推測，讓你原地踏步的是你與愛蜜莉雅的主從狀態啊。」

代替昴延續話題的庫珥修，邊盯著苦瓜臉的昴看邊閉上一隻眼睛。微縮下巴的她，輕舔被酒精沾濕的嘴唇。

「面對彼此的方式也有問題，不過我和菲莉絲的關係無法給你做為參考。你現在原地踏步的問題，我和菲莉絲是在十年前通過的。」

「……我原地踏步的問題？」

「或者應該稱之為通過儀式。為了讓主人和隨從，成為真正的主從關係……跨越的方式因人而異。再三考慮後下定決心侍奉的初期，菲莉絲也是為了了解自己能做什麼而反覆嘗試，在錯誤中學習。」

「等、等一下，庫珥修大人！請別說了，那很丟臉喵！」

總是欺負人的菲莉絲，在過去被突然揭開的時候紅了臉。他的樣子讓庫珥修搖頭。

「沒什麼好丟臉的。為了符合己身的地位以及服侍的對象而努力的樣貌，一點都不可恥。我正是被你那果敢的姿態給打動心房。我也會成為不讓那樣辛苦的你丟臉的主子。雖說現在還不敢確定是否有做到。」

「菲莉醬這輩子都不會對庫珥修大人有任何不滿的！」

「就算我整天怠惰懶散，你也說同樣的話。不要太寵我了。因為我並沒有堅強到可以抗拒墮落的誘惑。」

庫珥修可能是發自真心這麼說，但聽起來卻只是謙遜。菲莉絲投向庫珥修的眼神越來越熱情，昴反而覺得無地自容。

眼前的主從關係，以及絕對不會瓦解的信賴，都讓心靈破裂得更嚴重。

「——不要低頭，菜月・昴。」

「……咦？」

庫珥修厲聲呼喚昴。

「眼神渙散，靈魂飄忽不定。那樣會封閉未來，看不見活著的意義。」

「————」

「遵從己身正道之時，垂頭喪氣成何體統。抬起頭，朝向前，伸出手。為了某人而做的事，不看著對方就傳達不出去。」

喉嚨堵住，全身血液凍結。庫珥修的話在一瞬間就釘住昴的心。

庫珥修不是看著僵直的昴，而是望著杯中酒。

如果這個時候，被那雙眼眸射穿的話昴會變怎樣呢？

——或許在那一瞬間，會毫不猶豫地當場跪趴在地。

「啊啊，庫珥修大人……」

被看透的驚訝，以及凌駕其上、對掌權者器量的欽佩。昴之所以沒有當場跪下，是因為聽到同樣的話後菲莉絲搶先一步表示敬意。

「此身此命，全都為了庫珥修大人燃燒殆盡。現在，在此重新發誓。」

「既然如此，我只能全心全意回應你的忠誠。——菜月・昴，你也是，萬萬不可毀壞自身應有的樣貌。因為我不想視你為無趣之敵。」

菲莉絲的忠誠，庫珥修的清高，在在都震撼昴的心神。

昴舔濕乾渴的嘴唇，數度要吐出話語卻失敗，最後終於說：

「對敵人雪中送炭啊……真是善良呢。」

「此次為左右國家未來的大事。這麼說雖然不謹慎之至，但在爭奪王位這點，我期望是棋逢敵手。與怠惰軟弱的對手競爭而得來的王冠，不足以平服諸侯吧。」

「……對手越強越有獲勝的自信，是嗎？」

「不是自信。我有的是意志。為了應行之事，為了得到成果，我會盡最大限度的努力。因此我期望對手也一樣。」

徹頭徹尾與卑鄙想法無緣之人，講的就是庫珥修・卡爾斯騰。

像這樣一同飲酒，對她原有的『誠實』、『高貴』等印象就轉變。

如烈火般激烈，如裸刃般無情。這名女性活脫脫就是劍的化身。

「總覺得話題變得粉嚴肅喵，不過在這邊就放鬆一點吧。」

打破氣氛、讓心情鬆弛的菲莉絲拍手說道。涼風撲面，昴這才察覺自己額頭冒汗。

「乘著興致，一不小心就喝太快了。抱歉說了些沈重的話題。」

「不會不——會，庫珥修大人用不著道歉！唉呀～人家認為昴啾也懂喲。不管是非做不可的事，還是將來的事。」

「將來我非做不可的事……？」

將對話統整作結的菲莉絲，說的話在昴聽來倍感空虛。

應該要懂。就算被他這麼說心裡也沒個底。昴在今晚的小酌時間發現到的，就只有庫珥修與菲莉絲之間的絕對羈絆，以及自身的渺小和迷惘。

非做不可的事，還有將來的事，全都在五里雲霧中。

儘管如此，卻講得像是很懂昴似的。

「…………」

「就菲莉醬來說，昴啾和愛蜜莉雅大人鬧翻會比較輕鬆喵，但庫珥修大人不期望那樣喵。所以——說，昴啾得快點和愛蜜莉雅大人重修舊好，還有去做能夠達成這個目的的事。」

「能夠重修舊好的事？」

真的有嗎？對現在只會在原地踏步的自己來說。

「對。菲莉醬以前剛成為庫珥修大人的騎士時所煩惱思考的事。自己能做到什麼，可以辦到什麼——然後為那費盡心力。」

菲莉絲手貼胸膛，回想當時。庫珥修微笑側目他那樣子。看到這樣的光景，昴的心臟在胸膛裡頭用力跳動。

——只有菜月・昴辦得到的事。

這樣的覺察，簡直就像是天啟降臨。

「可以辦到的事，有喔。」

「——」

聽到昴的低語，兩人看向他。

「只有我辦得到的事，有的。——啊啊，就是啊。還要別人說。」

知道了。不，是一直都知道。

憶起了險些忘記的事。

庫珥修和菲莉絲都是大好人。因為他們真的全力送炭到敵方陣營。

——因為他們讓昴想起，自己能為愛蜜莉雅做什麼。

「對啊。……我有『那個』。我有啊不是嗎。」

跟力量、知識、地位和身份無關。也不需要那些。

就如菲莉絲所說，那是唯有昴才擁有的的最大武器。

一開始『那個』就在昴的手中。只是因為發生太多事情，導致『那個』被逼到意識的角落。

由里烏斯，萊因哈魯特，愛蜜莉雅的身影接二連三浮現腦海。

比起其他人，更能銳利傷害昴現在的慘澹心情的人們。

——必須向他們證明菜月・昴是正確的。

「再來就是契機。只要有那個……一切都能迎刃而解。」

宛如烏雲散去，昴內心的迷惘得到了確切答案。

握緊拳頭，用力在腦內描繪銀色少女的樣貌。

「起風了呢。」

庫珥修低喃，輕輕旋轉手中的杯子。然後又說：

「明天天氣似乎會變得有點糟。」

融化的冰塊發出清脆的聲響，在杯中乾脆地碎裂。

第二章 『開始變化的事態與雷姆的意志』

1

木劍的前端碰觸到額頭，下一秒整個人被伴隨著離心力的一擊給擊飛品嚐天旋地轉的滋味，昴同時旋轉手臂準備好倒地起身的姿態，漂亮地旋轉。藉由翻滾讓傷害降到零，為自己的進步得意地舔唇。

「噗呸，沾到泥土了，呸呸呸。有草的味道，呸呸！」

「差不多要結束了？」

「開什麼玩笑。看到我倒地起身的等級長進了吧。剛剛，我倒地起身的才能開花結果了！」

就只有日復一日被K的技能進步，自己講了都覺得心灰意冷呢。

在庫珥修宅邸，昴與威爾海姆的交手持續數日。

昴的攻擊還是一樣連邊都擦不到，但也知道不能繼續糊裡糊塗地任威爾海姆打飛出去。這從倒地起身等級進步就能窺見。

「只不過，對真劍交會來說是無用的技術。」

「可以不要說出事實嗎!?我內心那棵挺立的松樹出現裂痕了！」

想到砍中一刀就結束的認真比試，鑽研出的『倒地起身』確實是赴死技能。

拓展練習專用的技術根本是本末倒置，不過練習時間得以拉長卻是事實。

「話說回來，今天早上您的心理準備跟平常不一樣呢。」

「昨天晚上，跟庫珥修小姐稍微商量了一下我的煩惱。──託此之福，我的迷惘解開了。現在心情超好。」

「先前看過的書裡，做出昴殿下方才發言的人物，都因看輕自己開始習慣的戰場而殞命喔。」

「死亡禁句連在異世界都健在!?」

說了某些台詞之後就會死。這種感覺即使跨越了世界依舊是共通的。

可是，威爾海姆擔憂的話中內容，卻是現在的昴迫切等待的。

「昴殿下？」

「……沒事啦。真的沒事。」

昴朝著詫異皺眉的威爾海姆綻放笑容，然後搖頭。

──不管是『死亡』還是『戰場』，現在都能舉雙手歡迎。

因為那正是能夠讓人看見菜月・昴的價值的高潮場面。

「力氣太大。」

「嗚嘎！」

訓練再度開始，盡量做出最小幅度的動作飛撲過去，卻被順縫逼近而來的劍敲打。

多餘的力氣和不必要的運動力全都被拿來利用，再加上威爾海姆那看起來沒用什麼力的劍擊，昴的身體輕盈地在空中飛舞。

「這點程度！」

要是頭部先落地就會受重傷而死，但昴立刻撇頭縮起身子，採取鋼鐵倒地起身姿態，讓身體不管哪處落地都不會有事。可是……

「以為這樣就結束了？」

木劍從縮起的手腳縫隙間伸入，以流暢的動作解除昴的姿勢。手腳被迫張開，昴還不知道發生什麼事的時候就已經呈大字形被敲在地面。

「呀啊！」

「自身發生何事，在了解這點後才倒地起身，方能稱之為進步。這是最重要的。」

昴邊摩擦撞地的鼻子邊投以抗議的視線，威爾海姆將木劍插進草皮裡站著回應。被靜謐的瞳孔凝視，昴忍不住屏息。

「您一開始就抱著必輸的決心來挑戰，學會這樣的戰鬥法我反而無法理解。」

「嗚……」

「懂嗎？揮劍的方法，倒地起身的技術。在指點這些之前，跟你談談最基礎的心理準備吧。」

威爾海姆朝著被說中心事而口濁的昴豎起一根手指。

「——一旦決定要戰鬥，就要用全副身心去戰鬥。要連敗北怎麼寫都忘記，不管用什麼手段也要求得勝利，要被這樣的貪婪給吞噬。只要還站得起來，只要手指還能動，只要牙齒還沒掉光，就給我站起來。站穩，站好，砍下去。只要活著，就給我戰鬥。戰鬥，作戰，奮戰！」

「——」

「這就是所謂的戰鬥。」

威爾海姆換氣的動作，讓支配庭園的緊張感煙消雲散。

昴這才發現自己的心臟跳得又快又大聲，同時也意識到心臟正在刻畫生命的脈搏，儘管這是再理所當然不過的事。

——因為方才恐懼到不覺得自己活著。

直到剛剛都還歡迎『死亡』的興奮情緒一口氣消沈下來。

在道出戰鬥該有的心理準備的瞬間，威爾海姆身上的氣氛驟變。

雖是一派溫和的老紳士模樣，但昴只覺對方是持劍的厲鬼。

或許方才的樣貌，才是威爾海姆這位老人家真正的姿態。

擔任王選的種子選手庫珥修・卡爾斯騰的劍術指導，充分施展那份力量的武人——名為威爾海姆・托利亞斯的老劍士。

「即使明知會輸，也要為求勝而戰。……或許很矛盾，但我懂箇中意義。不是因為道理，而是靠感情理解。那麼……」

即使被老人的氣勢壓倒，昴依舊燃起萎縮的鬥志，然後這麼說。
自己有說『這點程度』的固執。迷惘雖散去，但看見的光明可不能這麼短就讓它夭折。
菜月・昴的意念不是那麼膚淺的想法，所以必須要表達出來。
「──要是辦得到的話，我就能稍微變強嗎？」
「這跟那是兩回事。想要變強，跟真的變強完全不一樣。」
「在這邊否定我!?不覺得在這邊肯定，故事會更圓滿嗎!?」
「……殘酷的謊言撒一次就夠了。我不允許我犯下這種錯。」
「雖然我覺得有時真實才叫殘酷。」
一瞬間，威爾海姆低垂眼簾，但昴沒察覺直接回嘴。品嚐要求落空的滋味，同時重新握緊木劍，然後突然想到而問：
「我看起來有劍術才能嗎？」
「就我所見，很遺憾，沒有。昴殿下的劍術才能止於凡人──跟我一樣。」
聽到面露絲毫苦笑的威爾海姆自嘲，昴驚訝地抬起一邊的眉毛。
「莫名的謙遜呢。威爾海姆先生哪有可能沒有劍術才能。」
「這是事實。我沒有劍術才能。要是有，一定沒法握劍到現在。因此，想到昴殿下也是如此，那很有可能會跟我到達同樣的領域。」
「……問一下，要努力到什麼程度才到得了？」

「不值一提。只要持續揮劍半輩子就夠了。」
「只要半輩子就夠了啊。」
能夠持之以恆地努力方是真正的才能，很常有人這麼說。
事實上，雖然被威爾海姆說能夠到達跟他一樣的境界，但昴卻想不到和老人一樣將時間奉獻給劍道的覺悟和理由。
原本，昴會這樣師事威爾海姆——
「心無雜念地埋頭練劍，是否能夠初長見識呢？」
「怎麼說呢。並不會因為掌握到什麼就突然變強，不管是心無旁騖還是雜念環繞，最後斬殺對手的人就是勝者，這一點不會改變。」
陳述冷冰冰意見的威爾海姆，停了一下接著說：
「還有，雖然這麼說，但心無旁騖揮劍的經驗，我不太有呢。特別是剛揮劍的時候，不太能去想跟劍有關的事。」
「那，你是想著什麼揮劍呢？」
「一個勁地想著妻子。」
「威爾海姆先生，能否不要突然用妻子放閃啦！」
還記得兩人初相見時威爾海姆就曾做出疼老婆發言，但這類的發言連住在宅邸的期間都能聽到。想必夫妻兩人感情相當好吧。

昴為這逗人發笑的插曲苦笑。凝視他的威爾海姆，觸摸自己的下巴。

「不管哪一種，為了變強的心理準備和決心盡在裡頭。不過，似乎不太能作為現在的昴殿下的參考。」

「哪方面？」

昴歪脖子。

看到這舉動，威爾海姆輕輕搖頭。

「沒有。面對捨棄變強的選項的人，講述要變強應有的心理準備這種大道理，怕是沒什麼意義。」

「——————」

剎那間，不知道他在講什麼，昴的表情凝固。

但那停滯也僅有一瞬間。昴立刻扮鬼臉，聳肩道。

「喂喂喂，威爾海姆先生突然講那什麼話。我驚訝得像在事件發生前就被制止犯行的犯人。你說我什麼？」

「既然有自覺，那多說無益。我也多嘴說了僭越身份的話。說了錯過這次的機會就難以傳達的話。」

自行解釋後威爾海姆就閉上嘴巴，昴也不知怎麼搭話。

焦躁感燒灼胸口。昴無法否定威爾海姆的話，只能懷著這份焦慮。而這份焦躁感意味著什麼，又被威爾海姆看破。

被看穿的瞬間，這件事實毫不客氣地切割昴的內心。

「昴殿下。今天早上似乎只能練到這。」

「——咦？」

拂去不明原因冒出的冷汗，聽到望向宅邸的威爾海姆的話，昴抬起頭，順著他的視線看過去，就看到小跑步逼近庭園的身影——雷姆。

平常不會流露感情的她，現在表情上卻透露平靜的緊張感。

發生什麼事了。

而那對現在的昴來說，是幸運也是救贖。

是能夠忘記與威爾海姆的對話的絕佳機會。雷姆焦急與不安的表情，反而讓昴感到安心。

抑或者是昴從中產生了預感也說不定。

「昴。——有重要的事。」

站在正前方的雷姆，認真的眼神讓昴感受到內心波濤洶湧。

——昴沒有讓人察覺到，那叫做『期待』。

「看你那樣子，應該已經聽說了。」

看到趕來的昴，等在會客室的庫珥修點頭表示了解。

庫珥修和菲莉絲主僕兩人，在這裡等待昴他們。

慢進房間的昴不能否認有種被搶得先機的感覺。他輕輕搖頭。

「詳細的事還沒說。雷姆似乎也只知道大概。」

昴只用視線向站在旁邊的雷姆使眼色，雷姆以看得出緊張的表情，收下顎說：

「因為雷姆感覺到的，終究是透過與姊姊的共感覺。如果是姊姊的千里眼，應該可以知道的更詳細……」

低下眼眸、悔恨自己能力不足的雷姆，講到後來聲音越來越小。

聽到她的回答，庫珥修吐出佩服的嘆息。

「共感覺——我聽說一部份關係親密的亞人，像是親族或雙胞胎等，不用說話就能溝通……不過連王都和梅札斯宅邸相距這麼遠的地方也可以嗎？」

「如方才所述，知道的很模糊。有強烈的感情和想要傳達過來的話語傳了過來，但是……」

「聽起來喵，就是非——常危險的感覺透過共感覺傳來了喵？」

震動貓耳朵，站在坐著的庫珥修後方，貫徹輕薄態度的菲莉絲說。昴被他的態度激怒，於是改變位置站到雷姆前面。

「講話一定要擺架子嗎。既然你們那邊已經掌握到什麼，那就直接回應雷姆忐忑不安的心情啦。情報交出來。」

「伸手牌會討人厭喲？而且，要在各種地方張網收集情報也不容易喵——。有什麼理由要讓只是患者兼客人的昴啾聽咧？」

「你……！」

菲莉絲的每一字每一句都很正確。

名目上是被當成客人對待，但昴的地位除了患者就是局外人。就算主張是相關人士也屬於敵對陣營，就算喊想要也不會有笨蛋聽了就乖乖丟飼料。

「菲莉絲，別那麼刻薄。有所進展之餘你沒必要飾演壞人。就算欺負菜月・昴，得到的也只有雷姆憤怒的眼神。」

「好——的。」

不過，代替詛咒自己膚淺的昴責備菲莉絲的，是庫珥修。室內就只有庫珥修一人坐在沙發上，還勸昴坐在對面。

「反省自己與前進相聯繫，但是取決於時間和場合。現在先以確認彼此的意見為優先吧。如何？」

「……當然。雖然像坐霸王車一樣很過意不去，不過還請讓我聽聽。」

在勸說下昴坐到沙發上，雷姆則是站在旁邊。

「梅札斯領，亦即羅茲瓦爾邊境伯的領地。他的宅邸周遭出現危險的動靜。領內的一部份地區，已經在邊境伯的命令下採取戒嚴體制。」

「危險的動靜？戒嚴體制？」

聳動的單字促使昴皺眉。在知道雷姆感受到共感覺後，就已做好事情絕不平常的覺悟，但得知具體內容後焦躁感就越發嚴重。

「其實，還不知道梅札斯領地發生什麼事。不過這事態原本就在預料中。邊境伯擁戴愛蜜莉雅為國王候補──總之就是表明自己支持半妖精。」

「什麼啦。罷工嗎……領民的不滿爆發的意思嗎？」

「當然，也有這可能性。『嫉妒魔女』惡名昭彰，所以不可避免要與針對半妖精的偏見一戰。」

一道出浮上心頭的疑惑，庫珥修立刻給予肯定。

這裡又再度出現昴不能原諒的情況：愛蜜莉雅的出身成為她的枷鎖。

不知道愛蜜莉雅的為人，單憑偏見就說三道四又不露臉的人可恨至極。

「當事人是做好覺悟才選擇這條路的，你卻在氣憤難平，是否搞錯了什麼。」

「搞錯的是我？還是那些人？……為了那麼無聊的理由就在羅茲瓦爾的領地掀起事端。而且若不能在規模尚小的時候收拾，就會野火燎原喔？」

「撇開事情的細部不說，大方向是正確的。雷姆的共感覺也可以說明。」

庫珥修把話題的矛頭丟向雷姆，室內所有人的視線都集中到默不作聲的她身上。

「姊姊傳過來的感覺，是些許焦急和許多的……憤怒。那不是刻意傳過來的，感覺是漏出來才傳過來。」

「那個共感覺，有很頻繁地互通感受嗎？」

「不，幾乎沒有。我們會有意識地去控制情緒到某種程度。像這次的情況，雷姆認為是情感突破姊姊的自制力才傳過來。」

說明到了後半段，雷姆的話中也越來越藏不住不安色彩。

拉姆的精神力之強，說是羅茲瓦爾宅邸第一也不為過。事態既然危急到超越拉姆的自制力，可想而知狀態絕非一般。

儘管如此，拉姆的共感覺在那之後未曾向雷姆求助。

「是不想……讓我扯上關係嗎。」

只在口中低語，昴覺得身體在自己的想像下燃燒。

共感覺傳來了危機氣息，卻還不喚回雷姆的理由。只能認為是想避免情報傳給雷姆，然後又傳達給昴。

──『她』就這麼不希望讓昴牽扯進自己的問題嗎？

「可是，很傷腦筋吧……？」

事情都傳到以王都為據點的庫珥修的耳裡。

可以仰賴的人還是一樣的少，對愛蜜莉雅不講理的敵人還是多不勝數。在這種狀況下，不做表面功夫站在自己這邊的同伴會有幾個呢？

沒有那種人。為什麼呢？因為不會背叛愛蜜莉雅的同伴，現在不在她身邊。

因為他被留在這裡。

要是愛蜜莉雅察覺到這點，一定後悔莫及。

所以說——

「得去幫忙。」

昴抬起頭，下定決心。這次換他的低語聚集視線。

庫珥修閉上一隻眼睛，菲莉絲輕輕闔上調皮的嘴角。然後，

「不、不可以，昴……！」

雷姆一臉慌張地拉昴的袖子。

她的眼神透露著焦急和不知所措，以及懇求的色彩。

「必須遵守愛蜜莉雅大人和羅茲瓦爾大人的吩咐。昴應該要專心治療。雷姆也持同樣的意見。現在以治療你的身體為最優先……」

「在這麼做的期間，事情就會發展到無可挽回的地步喔。雷姆，就跟那時候一樣。在進入魔獸之森前我說的話：只能靠我們有所行動了。」

「——唔。」

昴的話，讓雷姆的表情僵硬而沈痛。

以前，曾說過同樣的話。在前往魔獸之森帶回被拐走的孩子們之前，昴曾對制止自己的雷姆說了同樣的話。

多虧了那時候的決定，後來成功救出孩子們。所以說雷姆也立刻明白昴的判斷。

「就如妳聽到的，庫珥修小姐。」

推開抓著自己的雷姆，昴筆直地凝視坐在正前方的庫珥修。

「我和雷姆要回宅邸……回到愛蜜莉雅身邊。治療就等到事情收拾完……」

「菜月・昴。」

正在表達對自身陣營下定的判斷時，庫珥修卻以呼喚昴的名字打斷。

她用透徹的眼神盯著屏息的昴。昴有種內心吵雜不已、搞不清面對面的存在是何等人物的感覺。然後。

「——離開這裡，你就是我的敵人。」

冷冷告知的話語鋒利無比，昴錯以為自己真的被劈砍。

接著，彷彿痛楚從割傷傳過來般，理解開始擴散。

「這、這又是哪招……」

「首先，你要搞清楚一件事。我把你當客人對待，讓你接受菲莉絲的治療，完全是因為契約。」

「契約……？」

「對，契約。關於你的治療，我和愛蜜莉雅之間締結了某個契約。你會以客人的身份在寒舍居住，是因為她支付了抵押品。但是……」

話語到這暫歇，庫珥修手貼胸膛表達自己想法。

「締結契約是在王選開始之前，但如今狀況不同。我和愛蜜莉雅是公開為敵，因此與她的陣營之間的交涉也必須慎重以對。而跟你攸關的契約也相同。王選開始前締結的契約，在王選開始後狀況不變的現在，我沒有繼續遵守的義務。」

重複出現的單字『契約』，聽在昴耳裡像是『約定』。

那與自己和愛蜜莉雅訣別的記憶相連，使得心頭萬分沈重。

「因此我決定，這次的狀況將在你離開寒舍時改變。既然是你中途主動放棄契約，那之後就不要有所怨恨，我和愛蜜莉雅將正式成為敵人。」

面對庫珥修侃侃而談的敵對宣言，昴的理解卻追不上。

就昴來說，字面上能夠理解庫珥修他們是『敵人』。自己有反省在這豪宅度過的期間太沒戒心，而且對雷姆說要轉換心情的話言猶在耳。

儘管如此，昴的理解還是遠遠不夠。

事實是，眼前的人物是阻礙自己與愛蜜莉雅的強大敵人。

「我誤會了……還以為可以跟妳相安無事呢。」

「──────」

「那些話，根本是酒宴上的玩笑話。什麼去做辦得到的事……被敵人這麼說就真的乖乖照做的我真是笨蛋。使這些小手段也要絆住敵人的腳步，才是你們真正的目的啦。」

湧上胸口的朦朧之物，跟在王選會場所感受到的一樣──疏離感。

前一天晚上邊喝酒邊交談的記憶褪色，化做被背叛的心情。偏偏對昴說『去做辦得到的事』的不是別人，就是庫珥修。

然而她現在卻擋在面前，這不叫背叛要叫什麼。

「總之就是陷入危機的愛蜜莉雅被人救了妳會傷腦筋，所以才不想讓我去吧？」

「……拜託你不要誤會好嗎喵──」

一直保持沈默的菲莉絲插嘴，似乎是看不過去。

菲莉絲的視線飽含嚴峻，讓昴咬唇嚥下話語。

「庫珥修大人剛剛說的，不是惡意而是溫情。就算你們兩人回去拯救愛蜜莉雅大人，我們這邊也完全沒差喔喵？」

「菲莉絲，別說了。」

「不──要，人家要說。這個小誤會太誇張了，沒來個人說破的話就沒用。」

拒絕庫珥修的制止，菲莉絲瞪著昴。

「昴啾就算去了，狀況也不會改變。去了也是白去。而且還白白浪費掉讓愛蜜莉雅大人不惜支付報酬也要締結的契約。在王城就已經醜態百出，在練兵場被由里烏斯打到滿地找牙都還不懂嗎喵？老老實實地待在這裡看著事態發展，專心治療身體才叫做有自知之明。」

——有聲音。

噗擦。腦內好像有什麼漲破的聲音。

察覺到那是壓抑脾氣的袋口時，昴在被給予的屈辱下嚐到咬牙切齒的憤怒。

宛如烈焰的激情，和自以為的信賴被背叛的羞恥，激盪整顆心。

接連發生這些，足以支持昴痛下決心。

「我決定了。——我要回去，回愛蜜莉雅那邊。雖然時間很短，但承蒙照顧。」

「昴！」

聽到昴口說訣別，雷姆用哀求的聲音叫喊。

但是，昴卻伸手制止雷姆，站起來正面俯視庫珥修。

雙手抱胸閉著眼睛的庫珥修，不知道在想什麼。

隔壁的菲莉絲也長聲嘆氣，苦著一張臉。

「不懂人家的心情……老實接受忠告也是男人的志氣喔喵？」

「多虧你的忠告我才能下定決心。謝謝。」

被昴回以明確諷刺的菲莉絲似乎也放棄再多說什麼。

取而代之接續對話的，是鬆開雙手仰望昴的庫珥修。

「菜月・昴。不好意思，寒舍用來長途移動的龍車全都已安排工作。能借你的就只有搬運用但速度慢，或是跑中距離就要換手的龍車。」

「……啊？」

單方面破壞契約鐵定會被譴責。已經做好準備的昴聽到庫珥修的話——那番簡直像在肯定昴的決定的發言，讓他瞪大眼珠。

預料之外的回答使得昴翻白眼。

庫珥修詫異地皺眉，回頭看菲莉絲。

「菲莉絲，我說了什麼奇怪的話嗎？」

「庫珥修大人切換話題之劇烈每次都讓菲莉醬暈頭轉向。不過這次呢，是昴啾想都沒想到您會借他龍車喲喵？」

手貼臉頰扭動身子的菲莉絲回答，庫珥修點頭面露接受。

「正好如你所言。我尊重你的決定。不論是何種判斷，自己做的決定伴隨著重大責任。而既然背負責任，就應該為所己身欲為，以不辱沒自身靈魂。——對吧？」

「……嗯，是啊。就是這樣。我這樣鬧就是不想讓靈魂恬不知恥。那女孩陷入危機，我哪能悠悠哉哉地過著療養生活。」

庫珥修的肯定，讓昴覺得自己像在演獨角戲，只能尷尬回應。昴的覺悟有傳達出去吧，雷姆只有一次閉上眼睛像在責備自己，然後睜開眼時就恢復平常的面無表情。

「雷姆代替主人，為您關照至今的好意獻上感謝。」

「別放在心上。我這邊也有獲利。現在先討論到領地的方式。」

「在此就仰仗您的好意接受幫助。因為想盡早確認領地平安無事。」

雷姆低頭，蒙受庫珥修遞出的盛情。

「不過，時機不巧。從王都到梅札斯領地，目前需耗時兩天半。」

「兩天半!?為什麼？當初來的時候花不到半天耶!?」

如果昴的記憶可靠，清晨自羅茲瓦爾宅邸出發的龍車過了中午就抵達王都。就算不搭跑長距離的龍車，花費的時間也相差太遠。

「不可能。來的時候使用的魯法斯街道目前無法使用。這個時期街道都是『霧』……因此，必須繞過街道走。」

「霧算什麼啦。那種東西直接穿過去就好了……」

「生霧的是『白鯨』喔喵？萬一在霧中遇到的話就沒命了喵。這不是理所當然的常識嗎喵。」

插嘴的菲莉絲用天經地義的口吻，駁斥昴的意見。

又出現『白鯨』這個不知道的單字，讓昴皺眉。但是撇去無法理解的昴，話題以雷姆為主導順暢地進行。

交涉的結果，最後決定是：『向卡爾斯騰家借中距離用的龍車，途中再到路過的村莊換乘其他龍車趕路。』

不休息就沒法繼續跑的龍車，其不方便叫昴心煩。像這種時候，就痛切感受到龍車跟只要加燃料就能繼續跑的轎車的不同。

焦急的心情，和追不上心情的惡劣狀況。

籠罩街道的『霧』，簡直就是在眼前擴展開來的不安。

瀰漫的不吉利預感，不停歇地折磨昴的心頭。

3

——方針決定後，付諸行動就快多了。

快速收拾好行李的兩人前往庫珥修宅邸門口，那兒已經等著一台除去多餘裝飾、減輕重量的龍車，以及一頭拉車的紅皮地龍。

手拉地龍韁繩，等待兩人的是威爾海姆。發現兩人趕過來，老人當場深深一鞠躬。

「牠是這兒目前能夠出借腳程最快的地龍。即使如此，還是劣於邊境伯使用以及長距離用的地龍……請原諒。」

「光是肯出借就很感激了。這恩情一定會還……雖然這麼說，但很難吧。」

站在接過韁繩的雷姆身旁，昴聲音低沈，看著威爾海姆。

立於門前目送兩人離去的就只有威爾海姆。庫珥修和菲莉絲已經在宅邸的玄關大廳向他們告別。

而這個訣別，貨真價實到直接歸還龍車會被忌憚的程度。

「我在立場上，只能遵從庫珥修大人的判斷。出了宅邸後，我的主人跟昴殿下的主人就成了敵對關係。——治療以及劍術指導都在中途結束，龍車是為了撫平這些遺憾而送的餞別禮。」

「怎麼會……要離開屋子的時候怎麼都沒說咧。」

至少，在別離之際，那對主僕的發言可說是非常有他們自己的風格。

「祝好運。請千萬不要做出有辱自己驕傲和靈魂的選擇。」

「正因為庫珥修大人這麼的溫柔，不趕快跟愛蜜莉雅大人和好的話人家真的會很傷腦筋喲喵。快點走啦。」

印象最深的，是他們各自說的最後一句話吧。

雖然從中感覺不到威爾海姆所說的關照。

「我也是侍奉庫珥修大人之身。主人的想法多少也能理解。」

「順便問一下，你在這工作多久了？」

「應該是剛過半年吧……」

「資歷比我想像得短耶!?剛剛講得像是長年侍奉主子的樣子耶!?」

就連昴和威爾海姆對話的期間，雷姆也俐落地將行李堆上龍車。然後握起韁繩，溫柔地撫摸地龍的鼻子。

「──明白的話就聽話。對，乖孩子。你很乖喲。」

「雷姆，怎麼樣？」

「似乎是個脾氣有點暴躁的孩子，但剛剛告訴他誰會在上面，所以沒問題了。他會遵照雷姆的指示。」

「這、這樣啊……很遵守上下關係呢。意外的是個體育會系啊。」

雷姆『對話』的結果，地龍願意服從她。接下來要持續跑半天以上，因此駕駛和地龍的關係很重要。

「避開霧繞道平原的話，在抵達邊境伯領地之前應該會經過兩個村莊。其中靠近領地、叫做哈奴瑪斯的村莊，就能安排轉乘的龍車。」

「問一下，到那個哈奴瑪斯的村莊要多久？」

「大約十四、五個鐘頭吧。如果抱著讓轉搭的龍車解體的覺悟飛奔的話，從那只要花半天時間應該就能抵達領地。」

不管怎麼縮減，都是要耗時一天半以上，這路程著實叫人著急。

昴抓抓頭，邊遺憾咬牙邊朝威爾海姆低頭。

「一切都有勞你了。難得的練習也變成要半途而廢……」

「容我表達最重要的事。若您還想提升劍技，之後除了持續揮劍以外別無他法。祝您安康。」

昴用力回握威爾海姆伸出來的手。

雷姆坐上駕駛台，昴也坐進小型客車車廂，從窗戶往外看，朝著站在門前目送自己的威爾海姆揮手到最後。

「那，我走了。有緣的話讓我們繼續敦親睦鄰吧。」

「若您喜歡用木劍亂打的歡迎法的話，隨時恭候大駕。」

威爾海姆用充滿紳士味的笑容和笑話送他們兩人離去。

地龍鳴叫，緩緩得到初速度的龍車開始移動。接著順著加速度，庫珥修的別墅遠去。門前的影子，直到看不見為止都還低著頭。

奔下坡道，穿過貴族街入口，橫過衛兵值班室，直接進入下層區的大馬路裡，從王都與外頭相連的大正門馳向目的地街道。

在地龍的加持力量下，屁股感受到多又細微的震動，同時又按耐不住急躁的心情，忙不迭地從小窗眺望外頭的樣子。

撇去王都的街道，只有綠色平原和藍天支配昴的視野。

不能和集中精神在駕駛的雷姆說話，移動時間昴根本無事可做。在車廂裡頭，昴沈浸在思考中。

沒法出借跑長距離的龍車。如庫珥修所言，車廂座位的觸感給人的感覺是緊急趕工做出來的。這應該是佣人解決緊迫要事的時候用的龍車吧。

頻繁出入的庫珥修宅邸。挪用並出借一台已經安排工作的龍車。庫珥修的溫情，讓昴產生難以用言語形容的複雜思緒。

雖然嚴厲，卻又不算冷淡。從認識到昨晚的評價，因出發前的互動而增添了複雜性。

不過，能夠了解眾多人想和她交談的心情。為了構築像庫珥修那樣寬廣的人脈，愛蜜莉雅也必須四處奔走吧。

儘管如此，對愛蜜莉雅來說除了必要的苦難外，還有不必要的苦難在等著她。

「所以說……我不快點過去不行。」

當然，這是政治問題和有力人士之間的角力。昴沒有放大或偏袒到認為自己在這種課題上派得上用場。

面對早晚會來的難題，昴知道自己無能為力。可是以無力為理由捨棄陷於絕境的人，這樣的選項不存在他心中。

只要有專心一志的願望和設想，橫亙在前的阻礙也一定能跨越。

因為菜月・昴擁有這樣的力量。

「我不在不行……這樣一來，她就會懂。」

毫無根據的確信——不，只有願望。

愛蜜莉雅困陷絕地。這時只要自己衝去解圍，一切都能迎刃而解。心裡有的只是被風吹就快要消失的細微希望。

想要證明自己的價值。非得要證明不可。

既然愛蜜莉雅遇到困難，那昴就要去幫忙。

不對，是非得如此。為了讓昴找到自己的價值，也為了讓別人知道自己的價值，愛蜜莉雅應該要深陷險境。

「沒錯……我不在就不行。絕對是這樣……！」

腦海裡浮現的，是一頭銀髮、惹人憐愛的少女。

他的笑容被來歷不明的黑暗吞噬，被想要挫敗她高貴心靈的惡意給埋沒。

「──────」

看著這樣的幻覺，昴咬唇閉上眼睛。

在車廂裡頭，一個人靜靜等待時間過去。

除卻駕駛台上的雷姆，感覺不到自己以外的存在。

──嘴角微微扭曲一事，連他本人都沒有發覺。

4

結果，當天兩人抵達的不是預定換乘龍車的哈奴瑪斯村，而是前一個名為弗洛麗的驛站村。

日落西沈，夜幕開始低垂的時候，雷姆向昴提議。

「夜間移動遭遇宵小夜盜和魔獸的可能性會變高。再加上又是經過『霧』的附近，雷姆認為今晚就近投宿比較妥當。」

「再幾個小時就到哈奴瑪斯了吧？不能到那邊再說嗎？」

「從這到哈奴瑪斯，抵達的話會是第二天的事。這樣一來可能就沒法投宿，深夜也很難籌備到龍車……」

「可惡……到那也一樣嗎。原來不是到哈奴瑪斯就能解決。」

昴思索的期間，對雷姆來說也是思考時間。當然，她研討出的提案一定勝過昴的淺見。

被迫止步讓人感到焦急難耐，但昴還是接受雷姆的提案。

「就在弗洛麗過夜，明天一大早就出發。這樣地龍也能休息，搞不好還能省去在哈奴瑪斯找替代地龍的時間。」

「是的。清晨出發，順利無礙抵達哈奴瑪斯的話，有可能在明天晚上就回到宅邸。」

昴直接接受提案，對此雷姆回應的聲音裡頭有著安心。

——很幸運的，抵達弗洛麗之後馬上就找到了旅館。

把地龍寄託在與旅館相連的龍廄，用粗糙到難以下嚥的晚餐果腹後，稍微沖個澡就直接鑽進棉被裡。為了明天清晨能夠立刻起身。

「睡不著……」

可是，對愛蜜莉雅的擔憂，以及焦慮感讓睡意遠離。

勉強自己入眠，結果也只是在床上不斷翻身換姿勢而已。

羅茲瓦爾宅邸和庫珥修的別墅。接連持續品味到這世界最高品質的睡床，使得鄉下旅館的床顯得硬梆梆又不好睡。

太陽快點出來啦。詛咒時間和自己身體的話語自然而然地溢出心中。

連思考的時間都不需要。昴需要的，只有將描繪無數次的結論付諸行動。所以現在他只眷戀朝陽。

就在反覆瞪著天花板和眼皮裡頭，不知翻身第幾次的時候。

「……昴，有空嗎？」

房間門板被敲響，猶豫開門的聲響滑進耳膜。

抬頭看過去，探進半個身子的雷姆看了過來。她脫去平常看慣的女僕裝，換上曾經見過的青色薄睡衣。

察覺昴醒著的雷姆，表情看似鬆了一口氣，走到床邊來。

「怎麼了？如果是寂寞到一個人睡不著，今天有點不方便。要是狀況穩定，我會使出渾身解數逗妳笑，不過現在……」

「那也是令人心動的提議，不過不是的。是因為睡不著，想聊聊天。」

「這樣啊……雷姆也是嗎。唉呀，真沒辦法呢。」

昴一鑽出棉被，雷姆就怯生生地坐到他旁邊。在彼此的肩膀快要碰到的距離下，昴邊窺探雪白側臉邊開口。

「從別墅到這裡，盡是讓雷姆照顧呢。我覺得很過意不去。」

「請不要道歉。只要是為了昴，雷姆都不覺得辛苦。」

看她堅強地搖頭，昴的良心備受苛責。

早就知道雷姆會這麼回答。自魔獸騷動那件事之後，雷姆就完全站在昴這邊。說來諷刺，但最了解昴的價值的也是她吧。

「……靠共感覺知道的妳，應該比我還要擔心宅邸那吧？再加上還不讓我操心。──還是不知道發生什麼事嗎？」

面對昴的質問，雷姆僵著表情點頭，垂下眼簾。

「──別擔心啦。確實是變得有點麻煩，不過妳可是不會輕易屈服的可愛女孩。我們馬上就會回去，到時我會想辦法的。」

所以昴刻意笑得比平常開朗。為了稍微減輕雷姆背負的重擔。為了讓她安心。

還是一樣，昴的話其實沒有根據。面對難題，他根本提不出具體的解決方案。連昴自己都懷

疑其中的說服力。但是，

「——嗯。雷姆相信昴。」

像是得到千軍萬馬的援軍，雷姆安心地微笑。

「——呃。」

發現自己看著笑臉看到入迷，昴羞紅了臉別開視線。

說了很丟臉的話，結果很難為情地被肯定。沒法繼續接話，昴只好背向雷姆。看到昴這樣，她會怎麼想呢？

——突然有體重和體溫靠了上來，昴憋住呼吸。

「雷、雷姆小姐？請問……為什麼您抱住我？」

「……因為想這麼做。」

背後傳來的柔軟觸感和溫熱的呼吸，讓昴忍不住用敬語說話。而雷姆的回答聽來又別有含意，昴知道自己的心臟因傳過來的體溫而狂鳴不已。

雷姆從坐在床上的昴後方伸手環住他。女性的柔軟和甜香，以及碰著的手傳來的『溫度』，充斥昴全身。

「唉呀……這個感覺……」

原本臉紅到脖子去的昴，突然發現了『溫度』的真面目而歪頭。除了雷姆的體溫以外的其他溫度——跟這幾天品味到的極為相似。

「跟菲利克斯大人一樣在治療門喔，昴。」
貼著昴的雷姆開口回應昴的疑問。
「因為有機會在旁邊看過好幾次。跟菲利克斯大人相比，只能說是一時的安慰。」
「哦，啊啊，治療！是治療啊！對對對，是這樣啊。原、原來是這樣啊，哈哈。」
想歪的自己實在無恥透頂，昴佯裝不知用笑聲圓場。感覺身後的雷姆也在輕笑，接著傳過來的瑪那增強力道。
「嗚哦，厲害……這個，坦白說比菲莉絲弄得還要舒服。」
「萬分感謝。不過，那樣的評價對菲利克斯大人不好喔。」
「才沒那回事咧，講真的啦。很舒服……感覺…很想睡……」
跟菲莉絲的治療相比效果或許不大，但對被治療的角色來說會欽點雷姆獲勝。彷彿像泡在溫水裡頭，又像是被柔軟的感覺擁抱。
「這樣的話，那一定是……對昴的心情造成的效果差吧。」
在一旦鬆懈就會怡然入睡的舒適下，聽漏了雷姆細微的呢喃。
昴的頭快垂下來，雷姆嘴唇輕貼他的耳朵。
「睡著也沒關係喲。雷姆會把你放平在床上，蓋上棉被，充分享受睡臉後再離開。」
「不用擔心肚子會冷到，這吐嘈點真厲害……可是，雷姆這麼努力，我哪能中途睡著。」
無聊的堅持，但不希望被認為沒神經到那種程度。

雷姆含笑的氣息，以及原本觸碰肩膀的手掌貼上脖子的感覺。從手掌傳來的溫度增加，昴的眼皮變得更重。

「啊啊，可惡……我為什麼……雷姆，雷姆可是……很辛苦的……」

在睡魔不講理的催眠下摩擦眼皮，靠說話來維持意識。

「雷姆，為什麼……對我這麼……」

「因為雷姆想這麼做。……除此之外，沒有其他理由。」

思考無法集中，意識即將消失。

儘管如此還是聽到了雷姆說的『想這麼做』。『想這麼做』是很重要的。

昴就是懷著這樣的想法，而那一定是事情的開端——

「一開始……一定會被罵吧……」

回到宅邸，見到愛蜜莉雅後會怎樣呢？不安湧上來。

眼皮落下，腦袋搖擺。

為了撐住搖搖晃晃的昴，雷姆的手臂輕柔地抱住他的身體。

「只要肯花時間，面對面講述自己心情，對方一定會了解的。因為昴是很優秀的人。不會有問題的。」

「是……嗎。說的…也是……畢竟我……是這麼的…為她著想……」

聲音遠去。不對，是昴的意識開始離開現實。

睡意超越舒適變得像詛咒，眼皮化做關閉意識的牢籠。
意識就這樣要完全脫離現實之前——
「所以說，雷姆也會待在那角落的。」
感覺雷姆邊說嘴唇邊在頸項擦過。
「請哪裡都別去，昴……」
宛如懇求的呢喃，但昴已經沒有力氣回答。
就這樣，昴的意識緩緩地墜入黑暗中。

5

——意識被導引至清醒時，昴感受到日曬燒灼眼皮的熱度。
躺在床上，昏沈沈地舉起手做出遮蔭。從房間的大窗戶照進來的陽光很強烈，蓋到肩膀的棉被蓄積的熱度讓人睡不安穩。
沈浸在這樣的感慨中，血液花了幾秒才進到睡呆的腦子裡，然後注意到。
「太陽……昇起來了!?」
掀開棉被，從床上跳起衝到窗邊。涼風從推開來的窗戶吹進室內，太陽高高俯瞰愕然失聲的昴。

「騙人的吧……在這個節骨眼還……我是笨蛋嗎!?」

睡過頭了！得到這個絕望的結論後，昴慌張地衝出房間跑到隔壁房。那是住同個旅館的雷姆睡覺的房間。昴粗暴地敲門後衝進去。

「雷姆！起來了！我們睡過頭啦！」

竟然睡超過半天。邊咒罵邊用緊張的表情環視房間。

總而言之，現在先叫醒雷姆繼續強行軍——本來是這麼想的。

「……雷姆？」

裡頭早已人去房空。

形狀整齊的棉被，一絲不亂的床單。床鋪完全看不出有人躺過的跡象，房間感覺不到有人待過的溫度，在在都讓昴有不好的預感。

連帶進來的手提行李都沒有，昴衝出房間跑到旅館櫃臺。昨晚歡迎兩人的老闆就坐在櫃臺，看到昴就露出親切的笑容。

「唉呀客人，早安。昨晚有好好休息……」

「跟我一起住的藍頭髮女孩子呢!?」

毫不配合主人的態度，昴手拍櫃臺逼問。一臉驚恐的老闆舉起手試圖讓臉色大變的昴鎮靜。

「客、客人……請不要太激動。會驚動其他客人的……」

「回答我！我的同伴……雷姆跑哪去了!?」

「您、您的同伴……昨晚很晚的時候……駕著你們來的龍車…走了……」

「聽不見！講什麼！」

「我說！她半夜出門了！您的同伴坐上來的龍車走了……還先把您的住宿費和行李都托給我了！」

被昴怒氣沖沖的氣勢壓倒，老闆幾乎是用叫的回答。然後拿出放在櫃臺底下的包包推給昴。

「這個是行李，住宿費已經給了很多，所以不會有問題……」

「你說……不會有問題？」

老闆小心翼翼避免刺激到昴，但挑選出的字詞又讓昴再度激動起來。

「什麼沒有問題……哪裡沒問題了!!」

放聲怒吼，手拍櫃臺上的行李，昴抱住頭。

翻騰上湧的疑問、懷疑、憤怒、悲傷、對不講理狀況的糾葛等在腦中互相推擠，昴邊抓黑髮邊仰望天花板。

「妳在……妳在想什麼啊，雷姆……!!」

連唯一理解自己的人都將不理解按在自己身上，昴的吶喊空洞地迴響。

6

『給昴：』

『當你在看這封信的時候，一定非常非常氣雷姆。』

『雷姆丟下你，自己跑去宅邸。所以雷姆不會要你原諒，但希望你了解。』

『帶現在的昴回宅邸真的非常危險。不管是從宅邸的情況來看，還是昴的身體狀況來看。』

『因此，請你在這個弗洛麗村等雷姆回來。等一切都解決收拾好，雷姆一定會回來接你。』

『錢我全部放在包包裡。也事先給旅館老闆足夠的錢，讓你能夠住好多天。』

『請務必要愛惜自己。在雷姆回來之前，拜託請先等著。——求求你。』

『昴的雷姆筆』

第三章　『名為絕望的疾病』

1

——被背叛了。被背叛了。被背叛了。被背叛了。被背叛了。

「雷姆那個傢伙……！」

看完跟行李一同被寄放在老闆那兒的信後，昴吐出難以忍耐的怒意。

地點是旅館一樓的談話室，坐在堅硬沙發上的昴周圍沒有半個人。

原本投宿者就少，再加上方才昴的態度粗暴。連帶他到談話室的旅館老闆，在回答昴的問題後就趕緊跑到看不到他的地方。

這個判斷是正確的。因為現在的昴，很有可能遷怒給映入眼簾的任何東西。

「妳最了解我……我一直……這麼想的……！」

用娟秀的字跡連綴出的信，全都是用『I文字』寫成。

還在學習文字的昴，看不懂用I文字以外的字母寫成的文章。知曉這點的雷姆才會貼心地這麼做，但被留下來的昴的心靈卻也因此被逼到走投無路。

信件內容是在擔憂昴的身體，但可悲的是那樣的關懷進不了昴的腦子裡。對昴來說，從這封信讀取到的感慨就只有一個。

「連妳，都說我是無能為力又幫不上忙的人嗎，雷姆……」

於庫珥修宅邸的對話，昨晚和雷姆的對話，在王都和愛蜜莉雅的爭論，皆一一甦醒。全是眾口交攻、譴責昂的無力和無謀的聲音。

排除這一切，證明菜月・昂的價值的絕佳機會——原本應該是這樣的。

不是別人，而是雷姆。昂一直深信，只有雷姆懂自己的價值。

「啊啊，我知道了……！既然妳也嫌我礙手礙腳，說到這種地步的話……既然不信任我，那我也不會仰賴妳了……！」

咬牙切齒地說完，昂站起來。

談話室的桌上擺著雷姆留下的行李和準備金。包包裡頭的錢是一筆相當大的數目。雷姆似乎從羅茲瓦爾那兒領取了大筆金額。

有這麼多的錢，生活暫時都不會有困難了吧。雷姆是基於這個意圖，才留下這筆錢。這點昂當然也知道。

這筆錢是輕視人的東西。以為背叛了信賴只留錢下來，自己就會乖乖老實等在這裡嗎。怎麼可能照著雷姆的想法去做。

昂推演方案，試圖用這筆錢來打破目前的僵局。

「用錢雇用駕駛和龍車的話，要到宅邸也不是不可能……只不過…」

可是，昂的這個想法，卻被設想周到的雷姆給困住了腳步。

根據旅館老闆所說，這個村莊沒有出租龍車的店。定期來往各村莊的龍車，如今也因為『霧』的影響而暫時停止發車。

就算有錢也沒有關鍵的龍車。雷姆的計謀於昨晚投宿這個村莊時就開始了。彷彿嘲笑昴的淺薄常識，將手段一一地細心擊潰。

一切都是為了把昴困在這個村子，不讓他回宅邸。

「那就徒步……白癡啊我。又沒地圖，而且我也沒法對付野獸。」

要是強盜或魔獸出現那故事就結束了。雖然看過好幾次世界地圖，但不知道比例尺和方位。要想不靠人抵達宅邸，可能性等於是零。

這全都是無知惹的禍。沒知識和沒力量，連在這邊都還扯昴的後腿。

原本，昴就完全沒想過要如何應付強盜和魔獸。證據就是他連一把劍都沒帶。難得接受威爾海姆的劍術指導，在關鍵的場合卻空手是能做什麼。

連這麼理所當然該有的警戒，昴都全部交給雷姆。

龍車的車資，住宿一晚的價格。持有的鉅款的使用方法，要是使用者不明價值的話，那財寶也只是擺著好看的廢物。

這就是沒常識的代價。明明有無數次學習的機會卻都錯過，才會嚐到這種苦果。

「強求沒有的東西也沒意義。只能用現有的東西看能怎樣了。」

無計可施的禁錮感全都來自於自己。

為了轉移這份自覺，昴一直焦躁地搖晃雙腿。

「徒步不可能。龍車租不到。……有沒有其他方法呢？快想啊。」

手貼著額頭，昴動員在這世界的所見所聞及原本世界的知識，絞盡腦汁想要組織出一個方案。

「────」

記憶和知識在腦中打轉，體內所有力量全都灌注在脖子以上的機能裡。然後昴看到了或許能打破現狀的可能性。

「這個村莊……沒有出租龍車的店。現在也沒有定期龍車……可是，」

現在待在這個村莊的，除了原本的居民和搭乘定期龍車來的旅客，就是──

「不是還有像我跟雷姆一樣，搭自己的龍車來這然後滯留在這的人嗎？」

既然是出入村莊的人，那交通工具當然是自己的。從旅館準備了住宿客人用的龍廄來看不就知道了嗎。

「有龍車的有錢人……不，如果是商人更好。還沒在某處落腳生根的商人，基本上不是在當雜役就是拉著馬車在走商。」

原本消失的希望燈火又死灰復燃。

為了確認這方法是否可行，昴立刻告知旅館老闆。老闆一開始面有難色，不過還是勉為其難地介紹了幾個商人。

「只不過，行商的商人幾乎都是決定好貨物和目的地才出發的。要請他們送一程，這種相當於跑腿的工作，不知道有沒有人願意接……」

「不管，總而言之我要試試。謝謝你告訴我。」

向擔心的老闆道謝後，昴就一一拜訪老闆介紹的商人。

——但是，交涉就如旅館老闆的擔憂，完全是難產。

跟老闆說的一樣，雖然有人討厭變更旅途的路程，但事態比想像中還要嚴重。因為他們全都對昴的提案搖頭。

「梅札斯領地？抱歉，不可能這個時期去的。」

一名枯瘦的男子這麼說完，就中斷與昴的交涉。

牽著附有車篷龍車的男子，朝黏著人不放的昴投以同情目光。

「我也不想這麼說，但應該不是只有我拒絕吧？雖說我的情況跟貨物有關。」

「貨物？」

「我的貨物是武器和防具等鐵製品。這些現在在王都可是炙手可熱呢，明天我也會飛車趕去，談一筆大生意咧。」

拍拍載滿貨物的龍車，男子說完遠眺日落的方向。然後似乎看不過垂頭喪氣的昴，邊調整綁在頭上的頭巾邊說：

「這裡有很多人像我這樣，把這當成來往王都的中繼站。這種規模的村莊還能如此富裕都是多虧這點。所以說這兒處處都有商人……但大家都拒絕你了吧。」

「……嗯。連你在內是第六人。」

「現在這時期，每個人都以賺一票為目的趕往王都。沒辦法呀。誰叫最近發生了王選這種騷動呢。錢的味道直衝天際啊。」

「原來是這樣啊……」

男子一臉不高興地回答，讓昴知曉連敗的理由並面露苦澀。

也就是說，昴對商人們做生意的姿態解讀錯誤。比起跑腿的現金車資，王都的商機才能帶給眼光拉長的他們更長遠的利益。不願錯過好機會的商人們，當然不會變更預定來配合昴這怪人。

「再加上，梅札斯領地現在瘋傳可疑的傳聞。就算在王都大發利市的機會失敗，也很難找到想去那的傢伙啦。」

「可疑的傳聞……該不會，也是跟王選有關？」

「就流言蜚語那類的。半魔是國王候補，領主又還支持她……不過跟王選相關的關鍵告示還沒傳過來啦。你知道什麼嗎？」

「……不，我也不清楚。」

會馬上撒謊，是為了避免身為關係人士的事曝光後，交涉變得更加困難。但是，閉口不提愛蜜莉雅的來歷，這點在昴的心中留下莫名疙瘩。

「對了。我想到一個說不定會接受你的提案的人。」

昴才露出彷彿舔到苦物的表情，男子就突然拍手。

「真的嗎⁉我剛剛幾乎放棄，就要墮入Dark Side了呢。」

「我是不知道你在說什麼啦，不過是真的。我帶路，這邊。」

男子不客氣地拍拍昴的肩膀，邊招手邊走在前頭。跟著他的背影走一小段路，男子便指著對面的建築物說：

「他應該從昨晚開始就待在那。我去叫他，你等一下。」

目送男子推開雙開門進到裡頭後，昴仰望招牌。

「……八成是寫酒吧之類的吧。」

之所以不肯定，是因為招牌寫的是他剛開始學習的『RO文字』。再加上入口洩漏出微微酒氣，所以十有八九是酒吧。

男子意氣風發地進去裡面，所以關鍵人物一定就在裡頭。

「要是他帶了一個看起來就是酒精中毒的傢伙出來怎麼辦？這個世界，酒駕龍車的司機會被處罰嗎？要是原本的世界只要抓到一次就直接吊銷駕照了。」

應該說，駕駛龍車需要駕照嗎，怎麼想都不太可能。要是出現一個渾身酒氣的危險人物，就給點錢然後落跑吧。昴最後這麼打算。

就在昴鞏固如此悲壯的覺悟後，男子回到外頭。

「久等了。就是這傢伙。好啦，奧托，跟人打聲招呼。」

男子粗魯地揣著一名青年，半拉半扔地帶出來。

青年一頭灰髮，看起來比昴年長個一、兩歲。身高比昴略矮，瘦長的臉部有著蠻端正的五官。

至少，不是自己擔心的可怕酒精成癮者。昴這麼判斷。

「我是菜月・昴。抱歉硬要你來外頭。我聽說你可能會接受我的委託所以……好臭！酒味好重！嗚嗯，光氣味就要讓人醉了！」

想說禮貌性地交涉，但飄過來的酒味卻讓昴立刻打退堂鼓。濃厚到快要叫人反胃的酒氣，就是從眼前死氣沈沈的青年身上飄過來的。

「你——好——嗚嗯，容我自我介——紹——我叫，嗚嗯，奧托。嗚嗯。」

短短的招呼，中間就吐了三次。

在酒精浸淫下滿臉通紅、名叫奧托的青年，來回看著昴和男子。

「所以——有什麼事——？商量？商量什麼——？嗚嗯，找我商量咧，嗚嗯，啊哈哈，嗚嗯。這個笑話——不好笑啦，嗚嗯嗯。」

奧托最後蹲下來，又突然笑出來。

聽他的笑聲，昴覺得希望受挫，於是含恨地瞪向介紹他的男子。承受視線的男子連忙指著奧托。

「慢著慢著，我沒有騙你喲。」

「如果你是認真介紹的話我會懷疑你的腦袋是什麼做的。渾身酒氣駕車而被逮捕可不有趣。這種狀態下就算走路都會被警察攔下盤查的。」

竟然介紹這種爛醉如泥還吐個不停的男人。

昴的話叫男子嘆氣。他粗暴地搖晃蹲下來的奧托的肩膀。

「奧托——！喂，快醒醒，你啊！說如果有可以一次就能改變現狀、扭轉局勢的機會就介紹給你的可是你吧！你想因為酒而糟蹋掉嗎，啊〜!?」

「一次扭轉局勢的機會——!?」

耳朵振動一下，方才眼神還像死魚一樣的奧托臉色丕變。奧托以男子的手為支撐站起來，剛剛浸泡在酒精裡的模樣彷彿是假的。

「實在是萬分失禮。在下名叫奧托・思文。靠著走商討生活的貧窮商人。」

和昴面對面的奧托，表情繃緊到足以發出聲響。

對他的驟變驚訝到無言的昴，被他從頭到腳打量一番。

「原來如此。可以肯定身份地位有一定的程度。這確實是個重要客戶。凱地先生，謝謝你。」

「好說好說。看樣子，應該是不要緊了吧？那我就先告辭了。小哥可別忘了這張臉啊。奧托，你欠我人情囉，人情。」

洗刷嗜酒如命的嫌疑後，奧托展現充分讓人信賴的態度。男子這才安心地撫摸胸膛，離開現場。

目送熱情幫助的男子離去後，昴重新看向奧托，將正在估量自己價值的青年視為交涉對象。

「那麼，就馬上來談生意吧。——客人您要什麼？」

奧托邊拍手邊堆出滿臉笑容，切入主題。

不能放過的對象和好機會。昴屏息進入商談模式。

「想要拜託有點亂來的事……」

講完開場白後，昴邊留意不能說的部分邊講述要求。要是被奧托拒絕的話就真的沒法子了。舌頭自然跟著緊張起來。然後，

「我可以接這案子喔，嗯。」

在昴簡略說明事情後，奧托思考了一下便點頭說。

跟剛剛被帶來時完全判若兩人的他給出有條不紊的答案，昴驚訝之餘握住他的雙手用力揮動。

「謝、謝謝！這樣啊，你肯接嗎！得救了！真的得救了！」

「好痛！痛痛痛啦！等等，太大力了！請、請等一下！能讓您開心是很好，可是我也是有條件的！」

甩開抓著自己的手，奧托退後一步保持距離後說。條件，這個詞彙讓昴歪頭等待，奧托輕輕揮舞被放開的手，說：

「龍車對我來說不只是生財工具……還是生命線。所以我本來不會輕易接受這種委託。當然，貨款比起正規的出租龍車要高上許多喔。特別是前往現在的梅札斯領地，有太多令人不安的要素。」

「你說的有道理。但是我也沒法接受漫天開價。」

要是被要求過份的金額該怎麼辦好？昴有點不安。能夠交出的酬勞只有手頭上的錢，要是不夠的話勢必要殺價。

看昴面露警戒，奧托露出叫人不快的笑容。

「這個嘛。那就你身上所有的錢……可以吧？」

在交涉中先行一步，意欲掌控主導權的奧托遞出條件。

應該是從昴的視線看出值錢的東西在包包裡吧。事先佈局，抓住交涉步調後方能膨脹自己的利益，是商人的準則。

唇槍舌劍的預兆。三寸不爛之舌和商業才幹互相撞擊的交涉戰引信即將點燃——

「那樣就行嗎？我懂了。那，這包包給你。可以立刻出發嗎？」

才怪，根本沒發生。

昴爽快地遞出包包，讓奧托目瞪口呆、手自動接下。包包的重量讓他吞了一口口水，連忙看向昴。

「慢著，不對吧!?平常的話接下來要開始論價好尋找彼此要求的妥協點才對吧!?你這麼爽快就……」

「那是浪費時間，反正論價起來也是我輸。硬著頭皮打敗戰一點意義都沒有，如果用那包包的內容物就能解決的話對我來說是求之不得。」

用手頭上所有的錢就能解決問題的話，那對昴來說還算便宜。

態度也太乾脆了吧，就這麼焦急嗎？奧托邊皺眉邊說：

「這真是……我該不會被介紹了一個很麻煩的客戶吧。」

「放心吧。我不打算給你添麻煩，至少在心情方面。」

「那種讓人越來越不安的說法反而叫人很在意耶!?」

毫無說服力的發言，連剛見面的奧托都覺得氣憤。不過他似乎放棄，嘆了一口氣後，重新抱好手中的包包。

「明白了。我這邊出條件，而客人您立刻就接受。我也是有身為商人的驕傲的。不管金額多低，都一定會確實辦到……嗚噁!?怎、怎麼會這麼一大筆錢!?那麼輕易地交出來是要我做……嗚噁噁。」

確認過包包裡頭而被金額嚇到的奧托再度被嘔吐感襲擊。背對蹲下來狂嘔的奧托，昴為剛剛抓住的希望緊握拳頭。

有諸多障礙橫亙在昴面前，但那些全都可以跨越。

現在雖然還不知道堵在愛蜜莉雅前方的障礙真面目，可是只要站到她身旁就會知道。而且，那會是只有昴才能解決的問題。

「等著吧。很快……馬上就過去。」

昴的嘴唇扭曲成清晰的笑容。

那笑容是因為可以完成拯救愛蜜莉雅的目的而有的，還是因為其他要素而出現，連不知自己在笑的本人都不知道。

2

品味微微的震動，昴望著流逝的景色。

傍晚的天空染成一片橘，晚上即將要到來了吧。這個時間帶，要是平常的旅人早就準備要紮營，或是在附近村莊借宿一宿。

選在這個時間點離開村莊的，似乎就只有昴他們。

「目的地是梅札斯領地的邊境伯宅邸。以盡可能縮短時間，連半夜也要持續行進為條件……雖說收了酬勞，但這條件真是亂來耶。」

「看到金幣眼神就變的傢伙沒得抱怨。拜託了，這關係到我的未來。」

「我的未來也以現在進行式關係到很多地方呀。不過我會努力的。」

奧托邊說邊操縱韁繩。在他的指示下，地龍蹬地持續奔跑。

他的龍車，拉著一個附有車篷的大車斗。地龍也與車斗相得益彰、以強而有力的巨軀自豪。看到外觀是重量級的地龍，昴曾擔心速度。

「速度或許差強人意，但持久力可不是蓋的。在跑長距離的地龍中也是體力特別優異的品種，就算連續跑三天也不會累倒。」

「要是真的跑三天，是坐在上頭的人累倒吧。」

「大概兩年前，我有樁生意不想錯過而駕著牠一直跑。人類啊，找死的時候反而意外能撐。生意談成後我馬上倒地，之後將近一個禮拜都徘徊在生死邊緣。」

「找死啊你。」

斜眼看奧托的臉，他用「幹嘛？」的眼神回望。

昴沒說話，揮揮手，然後手撐著大腿拄著臉頰凝視視線盡頭。

「抱歉喔。因為我沒想過會讓客人坐，所以沒法準備像樣的座位。」

「做出無理要求的是我，屁股痛這點我根本不放在心上。而且託加持的福，光是不會被風吹這點就很棒了。」

奧托的龍車以單純載貨為目的，因此沒有準備讓其他人搭乘的客車車廂。所以，昴的座位自然就只有駕駛台上、奧托的隔壁。

「如果睏的話，可以睡車斗，雖然雜物有點多。因為我很常在外露宿，所以有準備幾條毛毯。」

「那真是多謝了。……既然沒必要換龍車，那途中就用不著去哈奴瑪斯了吧？」

「是的。中繼站哈奴瑪斯是個比弗洛麗還要繁榮的地方，但我有囤積足夠的水與食物。再加上您的委託很緊急，因此我們不會過去。」

很習慣旅行了吧，毫無計畫就直接發車卻絲毫不介意，握著韁繩的奧托態度裡頭沒有任何不安。

就奧托來說，這只是通行無數次的路程之一。他那沒什麼被歲月風霜洗禮的側臉，給昴一種不相稱的威嚴感。

想不到自己和奧托在經驗和膽量上這麼不同。意識到這點，昴咬唇。

「對了，為什麼你會答應呢？還有為何會喝到那麼爛醉。」

「別、別問那種難以啟齒的事嘛，菜月先生。」

來到這個世界之後很少被人叫姓氏。久違的稱呼讓昴感覺怪不自在，同時也反省不該那麼直接就問出對方不想被探問的事。

「算啦，做都做了又能怎樣。不如直接坦白還比較輕鬆。」

「是，大人……我本來沒打算那樣的……是說，為什麼有種我幹了壞事的感覺!?我沒有做壞事，只是蠢而已！」

對昴耍的嘴皮子產生過度反應後，奧托面色一沈，把頭轉向後方。

「後面的車斗，裝滿了我的貨物……您覺得裡頭是什麼？」

「乍看之下，好像是壺還是罐子。你該不會是在運送美術品吧？」
「很遺憾。我的商品不在外面而是裡頭。那些壺裡頭裝滿了上等的油。原本預定是要運到北國古斯提克的……」
奧托露出目的落空的洩氣表情，垂頭喪氣。
「是受到王選的影響吧。古斯提克和露格尼卡之間的道路被暫時關閉。雖然有陳情商品賣不過去很傷腦筋……不過被粗魯地趕回來了。」
到氣候嚴寒的古斯提克應該可以大賺一筆，可是卻去不了當地而慌了手腳。再加上奧托拿來換成油的，是原本之前都不值幾個錢的諸多鐵製品，真可說是禍不單行。
結果，先是錯過鐵製品熱賣的時機，換來的油又失去賣油的市場，窮途末路下只好借酒澆愁，這就是他喝到爛醉的原委。
「如此大量的油，在露格尼卡如我預料根本不好賣，要是賤價拋售又等於破產。就在我幾乎要放棄人生的時候，菜月先生就登場了。」
「給的酬勞，能夠彌補你的損失嗎？」
「就算用正當的價格買下全部的油都還有剩呢。總算是保住我一命了。」
奧托雙手合十，用像是膜拜昴的動作表達感謝。「賣來這套。」昴對此是揮揮手這麼說。要說感謝，昴也要謝謝他。而且，這份心情還比他強烈。
「多虧了您。」「不會不會，我才是。」「因為有您才會有我。」「沒錯，我們的邂逅是命運。」接下來好一陣子，都在客氣來客氣去地加深交流。

這樣的應酬話也畫下據點，沈默突然就籠罩兩人的時候。

「對了，奧托。就不能穿越這個平原嗎？」

視線撇離正在走的街道，昴邊說邊眺望一望無際的平原。

聽到昴這麼說，奧托拍腿像是聽到高級笑話。

「又來了。就算要開玩笑也過頭了。當『霧』籠罩平原的時候，裡頭就會出現白鯨。在魔獸裡頭可是最有名的生物……要是遇到就沒命囉。」

「這麼危險啊？都沒人去討伐嗎？」

「畢竟只要避開『霧』，白鯨造成的傷害就能減到最小。組成討伐隊進行遠征也是很久以前……超過十年了，以大征伐的名義前往。結果從現今白鯨還健在就知道了。」

也就是討伐失敗，而且損失慘重到讓人放棄組織下一次的遠征。

對魔獸這詞彙，昴的心情很複雜。對昴來說，魔獸就是先前遇到的沃爾加姆。讓昴受重傷，最後由羅茲瓦爾殲滅的魔獸。要和牠們共存，根本是難如登天。

「白鯨……啊。是形狀像白色鯨魚嗎？」

「根據目擊者所說，其實大到看不見全身。魔獸蠕動身體將周圍的一切都壓爛，當事人是扔掉所有東西拼命地逃才撿回一命。」

好恐怖喔。用這做結的奧托，就沒再提起關於這話題的半個字。
對四處行商的他而言，平原像這樣被佔領多日，讓行程路線計畫大亂的白鯨一定是很不吉利的存在。
要是被討伐掉就太感謝了，但又不想扯上關係。這或許是以奧托為首的眾多商人所抱持的共同見解。
「照這速度，大概多久就能進到梅札斯領地？」
「這個嘛。就算入夜我的地龍視線依舊敏銳，而且在有霧出現的平原附近應該沒有不要命的強盜宵小在工作，順利的話大概明天早晨吧。」
這樣回答改變話題的昴後，奧托不時偷瞄他。那個視線令昴皺眉，奧托連忙別開目光，說：
「啊，沒有啦。您說目的地是梅札斯邊境伯的宅邸……對吧？」
「嗯，是啊。」
「而且，酬勞是那筆鉅款。您的服裝也是蠻花錢的……想請教一下，菜月先生是什麼人啊？是邊境伯的……相關人士？」
小心翼翼的問題。昴領悟到奧托疑問的理由進而理解。
從奧托來看，昴的身份是個謎。突然就塞一大筆錢然後要求駕車到宅邸。再加上深陷在漩渦中的宅邸現在都沒啥好傳聞。
「這個嘛。我是羅茲瓦爾……邊境伯的相關人士。你可能也聽說了奇怪的傳聞，但目前還不知真偽。而且我也說過，我不打算給你添……」

「不是不是！我沒在擔心那個啦！只是，怎麼說呢……那個啦。邊境伯殿下的興趣很出名，而且又聽說了王選的傳聞……那是真的嗎？」

「……你說的真的嗎，是什麼？」

奧托的語氣，微微傳達出他想問什麼。

儘管如此，昴還是刻意隱藏不悅的聲音，先質問他話中的意思。

「就是，邊境伯殿下支持的人選，是半妖精小姐。」

「——」

果然是這樣啊。這樣的氣餒沁透昴的心中。奧托不安的聲音，想確認是否為事實的問話，都將恐懼如實傳達給昴。

「不對……就算這麼說，一樣馬上就會被人知道。是真的。邊境伯支持的候選人是半妖精。不過，那女生並不像你們所……」

「這樣啊。——太好了。」

愛蜜莉雅又要因為出身而被瞧不起了。為了避免這件事發生，昴原本快嘴想要否定偏見，可是奧托的反應卻出乎昴的預料。

奧托安心地笑出來，輕撫胸膛鬆一口氣。

「啊，哦……抱歉。自己一個人在興奮。」

察覺愣到啞口無言的昴的視線，奧托害羞地苦笑。

「沒有啦，自從聽到那個傳聞後……怎麼說呢，就莫名擁戴她了。」

「擁戴……愛蜜莉雅？」

「那位大人叫愛蜜莉雅嗎。嗯，是啊，就是這種感覺。身為半妖精，一直以來應該非常辛苦吧。原本背景不好的人，卻沒有輸給環境還能夠參與王選。……嗯，很厲害呢。」

奧托遠眺行進方向的同時，聲音微微顫抖。

聽到這，昴這才察覺自己極為慌張。心中喧囂吵鬧的複雜感情不知道是在主張什麼。

奧托沒有發現昴的狀況，用手指輕輕摩擦自己的鼻子，說：

「跟那位愛蜜莉雅大人的煩惱相比或許很失禮，但我也有不為他人理解的記憶……所以莫名感同身受。雖然我覺得要成為國王不容易，但還是希望她加油。我只是想確認這個而已。」

因為可能會變成講自己的事，因此奧托就在這邊打住，區隔開話題的走向。

昴也沒對奧托剛剛的話發表什麼意見，而是雙手環胸一直看著下方。

「——」

講真的，昴被這番話救贖，應該要向奧托道謝才對。

愛蜜莉雅的成王之路被不講理的障礙給阻礙。可是，在這個用盡各種手段妨礙她的世界裡，也是有不討厭她的人。

其中有像奧托這樣，了解愛蜜莉雅的遭遇而想支持她的人。

這件事對愛蜜莉雅而言，毫無疑問比任何事都還要能鼓舞她。

一定是這樣的。

「──────」

可是為什麼，別說向奧托道謝，甚至無法嚥下自己胸口雜亂彆扭、無法解釋的感情。昴就這樣，持續隨著龍車搖晃。

3

「──菜月先生！請起來！差不多要到梅札斯領地了！」

聽到奧托的呼喚，躺在車斗裡用毛毯裹著身子的昴睜開眼睛。

甩甩因為沒法熟睡而昏沈沈的腦袋，把頭探出車篷，就看到朝陽和綠色群山在迎接自己。

太陽再度升起，從山峰之間照過來的日光叫昴瞇起眼睛。

徹夜持續強行軍半天又幾個小時，昴終於抵達梅札斯領地。

「幹得好，奧托。連在我打瞌睡的期間都做牛做馬……」

「可以不要用那種損害勞動慾望的說法嗎!?不說這了，梅札斯邊境伯的宅邸，在叫做阿拉姆的村子附近吧？」

在大腿上攤開地圖，輪流瞪著道路和地圖的奧托問。那雙眼睛因為徹夜未眠而帶點血絲，不過慶幸的是疲勞感沒那麼嚴重。

「飲酒過量又熬夜的第二天，我反而狀況絕佳呢！就這樣直直衝就能到宅邸了！呼嘿嘿嘿！」

「真的不要緊嗎⁉不會是嗑了忘記疲勞的詭異藥品吧⁉」

「那種東西是管制藥品，在露格尼卡被禁止使用。請放心。」

不安地看著精神狀態來回在正常和失常之間的奧托，但昴的心也因為抵達梅札斯領地而稍微變得輕鬆。

「不休息一直跑的話，搞不好中途會超越雷姆呢。」

「不，再怎麼說要追上提前半天出發的人還是有困難。比起這個，菜月先生要不要做些回宅邸的準備？像是頭髮翹起來了，弄一下比較好喔。」

對奧托半開玩笑的話舉起手，邊撫平頭髮邊繃緊神經。

宅邸近在眼前，之前刻意不去想的重逢場景，即使厭惡也非得去想像。

恐怕是不會被輕易接受吧。

在王都分開，不但扔下愛蜜莉雅刻意為自己安排的療程還跑回來。而且又還背棄先回去的雷姆的叮嚀，搞不好她不會再站在自己這邊了。

只是，就算會被嫌棄──

「我是為了我該做的事而回來的。這沒什麼可恥。沒錯。我沒做錯。」

為了將自己正當化。亦或者為了向不在這裡的某人辯解。

重複又重複，連在這裡，昴都繼續複誦這些支撐自己到現在的魔法咒語。

「——這是為了愛蜜莉雅。沒有我，她就不行。」

忽視必須要回想起的許多話語，昴用這些咒語來維持脆弱到快要瓦解的自我。

爬過山丘進入寬廣街道，用穩定的速度前進。街道直直通往山林裡頭，景色開始變成昴所熟悉的風景。

繼續這樣，不需要一個鐘頭就能抵達羅茲瓦爾宅邸——就在這時。

「——!?喂、喂！奧托!?」

龍車發出劇烈聲響，車輪刮地，車身摩擦地面，粗暴地停下。

一有停止的感覺地龍的加持就解除，直接品嚐到橫擺然後停止的衝擊，在車斗裡的昴身體也撞到車身邊緣而忍不住叫出聲。

「奧托！剛剛是怎樣!?都還沒到吧。為什麼突然停下……」

「——菜月先生。能否讓我陪您到這就好呢？」

依舊握著韁繩卻垂著頭，不看昴的奧托擠出這句話。一瞬間搞不懂他在說什麼，但昴立刻抓住他的領口拉過來。

「這跟我們講好的不一樣，怎麼回事？你這傢伙，事到如今都到這了卻打算折返嗎。給我做到……」

最後啊！本來想這麼吼，但近距離看到的奧托臉色蒼白又屏住呼吸。放開面色慘白的奧托後，他坐在駕駛台上深深低頭。

「真的很…對不起。我本來打算陪菜月先生到最後的。可是，我真的沒有勇氣再往前了。」

「從剛剛就在講些聽不懂的話。勇氣跟這有什麼關係？還差一點就到宅邸了。又不是路況差。拜託你了，奧托。」

「就算您拜託我……我也沒辦法。酬勞我不要全部，一半還給你。所以說，請讓我從這折返。」

昴想讓話題朝沒那麼嚴重發展，但手撐著駕駛台的奧托卻是認真請求許可。那悲壯至極的態度，讓昴大感困惑。

「為什麼突然這樣？發生什麼事那麼嚴重……」

「地龍……在害怕。不只如此。我覺得這一帶太安靜了！四處走商的商人會選地龍當搭檔就是為了安全。因為地龍會憑本能知道，那些地方是不可以靠近的……！」

大腿上的手微微顫抖，面色鐵青的奧托俯視地龍。

跟著看過去，靜待主人命令的地龍正在喘氣。但是卻又一個勁地朝行進方向用鼻子噴氣，轉動身體通報主人有危險。

從地龍的舉動，和信賴地龍的奧托的反應來看，昴也領悟到。

前方有著超乎想像的事態在等著。而且要是強迫奧托他們陪伴，對他們太過殘忍。

「承蒙照顧了。抱歉讓你覺得害怕，奧托。」

「——咦？」

背對驚訝的聲音，昂從駕駛台跳到地面上。在地龍的身旁著地，旋轉麻痺的雙腿後仰望奧托。

「我接下來用走的去宅邸那。沒什麼，都到這邊了一下就會到。送我到這就夠了。錢你全部拿去吧。」

「怎麼可以……不對，不是這樣，菜月先生！不可以去！跟我一起回去吧！現在，這裡起霧了呀！」

「你是指會出現白鯨嗎？」

「對商人來說意味著凶兆！目的地起霧，對我們來說關係到生死。……不對，那種事無所謂！總而言之請重新考慮……」

「抱歉啦。」

奧托擔憂自己的吶喊，讓昂苦笑。這樣的老好人，根本不適合當互相欺騙的優秀商人吧。

對善良奧托的職業性向存疑的同時，昂遠離龍車準備跑步。

「就跟你把命和金幣放在重要天平上秤量一樣，我也把命跟同樣重要的東西放在天平上。而那重要的東西，就在前方等著我呢。」

「菜月先生，請等一下！有、有話好好說，別衝動！」

「我不會恨你在這邊折返的。不如說，因為知道危險而折返才是正確的吧。能讓我事先知道這點就夠了。」

這條路的盡頭——昴的目的地，有著連地龍都會畏懼的危險。

但是，不得不趕快。不得不過去。

因為那兒一定有昴在追尋的答案。

「——菜月先生！」

「謝謝啦。」

奧托直到最後都在擔心昴。撇下他的聲音，昴用力踢左右都被樹包圍的街道地面，開始奔馳。

捨棄真心擔心自己的人，昴朝著目的地跑。

景色雖熟悉，卻又只是相似而非原本的景象。

從這到羅茲瓦爾宅邸，有多遠呢？沿著街道一直跑的話，肯定可以抵達宅邸。

危機存在，目的地在眼前，感情在昴的體內瘋狂肆虐。

總而言之，想盡早抵達宅邸。

這樣一來，現在苦惱著昴、懸在半空中的感情就會塵埃落定吧。

但會是以期望的形式，還是不期望的形式呢？

「……？怎麼著……？」

專心奔跑的昴，被過多雜念吞噬而停下腳步。

並非已經抵達目的地。景色還是沒變，綿延到讓人懷疑根本沒有終點的街道，和彷彿堵住去路的茂密綠林。雖然很喘，但體力還沒到極限。既然如此，為何昴會停下腳步呢？因為——

「太安靜了吧……」

詭異感制止昴前進。

想不到會重複剛剛奧托說的一部份話。環視四周，景色沒有任何改變。風吹樹林搖響枝葉，自己的呼吸聽來格外吵人。

但，也就這樣。住在此地將近兩個月的昴，察覺到不對勁。

連蟲鳴鳥叫都沒有，這個森林壓倒性的靜謐太異常了。

——然後那個，看準昴的意識空隙突然出現。

「什……啊!?」

喉嚨驚訝地卡住，昴忍不住當場退後。

他的正面，悄然無聲地出現人影。而且還是全身用黑色裝束覆蓋，連臉都用像帽兜的東西隱藏，不知其來歷的人物。

而且，驚訝可不只這些。

「這傢伙……不對，這些傢伙……！」

彷彿追著轉頭的昴的視線般，黑影接連在周圍出現。

數量瞬間就超越十人，像嘲笑一樣包圍著警戒的昴。

「────」

再來更異常的，是這些黑影集團突然現身後，還安靜得要命。

甚至連輕微的呼吸都感受不到，黑影就這樣默默地一直觀察昴。

稱不上友好。話雖如此，卻也沒有彰顯敵意。站在不動的黑影面前，說話能力被這股毛骨悚然給封印的昴，連一根手指頭都動彈不得。

就這樣持續互瞪，不知過了多久。

氣氛緊張，昴覺得時間過得極度緩慢。這暴力的寂靜，跟開始一樣十分爽快地瓦解。

「────」

黑影們一同朝著昴恭敬垂首。

「──啊？」

昴的大腦完全放棄理解這副光景。

毫無意義出現的集團，朝昴施以毫無意義的敬意，然後又毫無意義地撇下昴，像滑行一樣開始從他視野裡消失。

無法發出聲音，昴除了為眼前的光景啞口無言以外別無他法。黑影們沒有對僵硬的昴做什麼，就踩著無聲的步法離去。

出現的時候，也是利用那步法從意識的空隙中湧出來的吧。昴對他們除了這點，其餘全都不了解。

被掀起不必要的不安後，察覺黑影完全離開現場是在五分鐘之後。

放棄去理解黑影，昴壓抑在內心攪拌的不安，繼續奔馳。

彷彿要揮開膽怯和不愉快的感覺，他專心地跑向宅邸。

無法理解其目的和存在的黑影，昴完全放棄去理解。

所以，也就沒注意到。

來歷不明的黑影滑走的方向，是奧托所在的方位。

而這件事，昴根本沒想到。

——他停止思考，深信唯有奔跑才可以拯救自己。

4

不安像是搔刮喉嚨一樣，支配著全身。

腳往前邁進。心朝向未來。意志往目的前進。本應如此，卻又覺得古怪的恐怖在後頭追趕。

耳鳴得很厲害。嘔吐感搖晃腦袋，全身的血液像是變成泥漿。折磨人的不安以加速度主張存在，就快要撐破名為心靈的無形器官了。

——為什麼事情會變成這樣呢？

原本一切應該都很順利才對，應該全都要朝好的方向去的。
只是運氣不好。只是時機不對。
只要肯做應該就辦得到。只要做得明快，就不會迷惘猶豫。在王都發生的事，不過是心情錯身而過的惡夢罷了。
所以說現在，好想見愛蜜莉雅。昴很清楚自己該做的事。
只要幫助愛蜜莉雅就行。解救她脫離困境。輪到昴出場了。就跟以前一樣。
一直都是這樣過來的。這次也這麼做吧。然後一切就會迎刃而解。愛蜜莉雅也會對昴另眼相看。果然自己沒有昴就不行，她會這樣想並認同自己的錯誤。然後讓昴繼續待在自己身邊。
「呼！哈！……呼哈！」
氣喘吁吁。肺臟好痛。過度使用的手腳不聽使喚，大病初癒的身體發出慘叫。
可是，不可以停下來。
停下來的話會被追上。被從後方逼近、不明所以的某物追上。
「可惡……可惡、可惡……可惡——！」
好想見愛蜜莉雅。想讓她對自己微笑。想被雷姆溫柔對待。想要摸她的頭。碧翠絲的賤嘴和拉姆的強詞奪理都叫人萬分懷念。羅茲瓦爾的古怪，帕克的我行我素，都能讓自己寬心吧。
——要是能一直待在那裡就好了。
前往王都，還有在王都度過的所有時間，王都的存在，都是諸惡根源。

萊因哈魯特，菲魯特，羅姆爺，庫珥修，菲莉絲，威爾海姆，由里烏斯，安娜塔西亞，阿爾，普莉希拉，賢人會的成員，騎士團團員，一一浮現在腦海。他們全都是昴現在的憎恨對象。

——我詛咒你們，你們就受盡折磨，品嚐痛苦的極限死去吧。

要是沒有他們，昴就不會迷失自己了。

如果和愛蜜莉雅和解，那些安心的日子就會回來的話，那昴很樂意交出所有。

一切全都從掌中洩落。所以說，現在要重新撿拾收集。

「我…馬上……就回…去了……！」

肺臟像燒起來的痛苦，心靈快要破碎的後悔，全都撇開目光不看，只是一個勁地奔跑。

詛咒一切，相信詛咒的未來有渴求之物，才得以存活。

「——啊。」

喘口氣，一直看著地面跑步的昴抬起頭。

道路周圍的景色，跟先前埋頭苦奔的樣子不一樣，開始產生變化。樹與樹之間的間隔加大，開始有人為的痕跡夾雜其中。在開始朝上的斜坡上頭，朦朧之間看到眼熟之物，昴歡喜地發出沙啞聲。

斜坡對面可以看見往上飄升到比樹還高的白煙。那是烹煮食物的灶煙，還是為了洗澡而燒的柴煙，不管哪一種都可以肯定有人生火才會冒煙。

是村子。最靠近宅邸的阿拉姆村就在斜坡盡頭。

「——呼。」

驀地，原本只有宅邸居民的臉的腦海裡，開始映照出感情變親密的村民。嘻皮笑臉的孩子們，和警戒心薄弱到可笑的大人們。

不會恥笑昴原生世界的雜學為荒誕無稽，而是接受的善良人們。

記憶中的笑容叫人懷念不已，昴都快哭了。

不知道自己為什麼會忘記。那個地方，也是昴存在於這兒的證明。

昴拯救了那個村莊。沒有昴的話那村莊可能早就毀了。是昴的功勞。昴行動的結果，也是有其他值得誇耀的。

自身的依靠就在眼前，昴的雙腿加速。

在風中搖曳的白煙像要消失，害怕消失的昴腳步越來越快。有人在。認識昴的人，知道昴的價值的人，確實在那兒。

現在這樣就夠了。想要帶著親密和和藹，證明自己可以待在那裡。

跑過去。往上跑。接近斜坡終點，可以看見白煙的底部。爬上去了。用袖子擦去爬在額頭上的汗，昴愉快地看著村莊。

——然後，昴終於被惡夢追上。

5

跑進村子入口時，昂最先做的是四處張望尋找村民——然後在詭異感中皺眉。

一停下腳步，頓時，方才跑步的負擔一口氣襲向心肺機能。重複劇烈呼吸，邊吐口水和痰邊努力回復體力，只動眼睛觀察周圍。

乍看之下，村子沒什麼奇怪之處。

早晨的村子飄盪著清涼得恰到好處的空氣，有助於睡醒的腦袋清醒。如此清爽的早晨，村子裡卻毫無人氣。

熬夜的昂儘管覺得不太可能，但還是忍不住去想只是還沒人起床而已。全村的人都在睡懶覺。他聳聳肩，開始尋找白煙的成因。

尋找的過程中，應該就會遇到誰了。

「——」

可是，這個計畫根本落空，昂沒有遇到半個人。

抵達冉冉上昇的白煙底部時，那裡已經沒有人了。煙霧來自於微弱悶燒的火星，但卻感覺不到任何人。

這次真的不能淡然處之，清晰的不安包圍昂。

疲勞和別的理由促使呼吸和心跳加速，彷彿被身體反應給催促，昂粗魯地敲擊附近的民宅房門。沒反應。闖進去，卻空無一人。一個人都沒有。

全家都去幹農活了——那種無濟於事的笑話無法解釋這種不正常的狀況。

闖進隔壁民宅找人，沒有用。這裡也沒人。

莫名其妙的惡寒。跟在森林裡頭遇到的黑影給人的感覺很類似，昴死命忘我地不斷尋找人影。

「——！」

吶喊到聲音枯竭，來回敲擊民宅到指甲斷裂也不在意。

成果就只有寂靜。昴被留在世界，無力地朝地面蹬足。

這種搞不清意思的狀況，不管遇到幾次都沒法習慣。當然，不講理的事態就算搞得懂意思也一樣。

四面楚歌，前途多難，處處碰壁。菜月・昴的未來總是這樣。

「——」

不知道是第幾次嘆氣了，昴認定繼續搜索沒有意義。因為都這樣到處找了還是沒發現人，所以村子裡已經沒有人了。

站起來拍拍屁股後，昴小心不要踩到濕潤的泥土才踏出腳步。明明沒有下過雨的跡象，村子裡卻處處充滿泥濘。四處奔跑找人的期間，好幾次都因此滑跤摔倒。

避開泥濘，跨過擋路的障礙物，昴前往村莊中央——白煙升起的地方。

造成白煙的原因火苗早已熄滅，悶燒的火星也即將燃盡。視線慢慢下移，昴呆呆地眺望火星。

沒什麼奇怪的。

就只是躺著一名身上冒著白煙的老人屍體而已。

「──────」

昴邊抓頭邊將之撇除在意識外，走向村莊出口。既然村子裡頭沒有人，那待在這裡也沒意義。得趕緊到宅邸去。

跨過被殺死的青年屍體，慎重地避開血液造成的泥濘。繞過疊在一起的年輕夫妻身軀，穿過仰躺的老婆婆身旁後進入廣場。

聚集在廣場的性命殘骸數量十分龐大，昴從裡頭尋找生命的殘響。會不會有人呼喚自己的名字呢？他只求這個救贖。

可是，他的心願沒有實現，在這兒的就只剩下無能為力。

繞了多餘的路。沒有貫徹初衷的結果就是這樣。浪費無謂的時間，得到無謂的結果。待在這裡只是白白浪費時間。包含昴在內，都只是無謂之物。

「──────」

放棄一切的無謂後，踩著搖晃的腳步穿越廣場。結果腳突然勾到什麼，所以毫無防備地跌倒。

從肩膀撞擊地面，痛到呻吟的昴反射性地瞪向絆腳的東西。
——和已經映照不出任何東西、化為空洞的佩特拉的眼睛對上。

「啊啊啊啊————!!」

6

無法逃避到最後。

昴扯開哭喊到已經沒聲音的喉嚨，任雙眼滂沱淚流，抱緊被扔在地面的佩特拉屍骸。

佩特拉的身體早已失去溫度許久，手腳也變得僵硬。毫無意識的人類的身體應該很重，但即便考慮到佩特拉是女童，重量也還是太輕。

一定是因為大量血液從開了一個洞的胸口流失。

佩特拉維持著瞪大眼睛的震驚樣貌死去。那表情上看不到疼痛的殘餘，意味著心臟被貫穿的少女是立即死亡，也是她唯一的救贖。

還好是用胸口被開洞的死法，因為這孩子沒有理由品味到痛楚。

將佩特拉的亡骸放回地面，蓋上外套作為昴能為她做的憑弔。儘管想讓她閉上眼睛，但僵硬的身體卻連這點慈悲都不肯給予。

祈求佩特拉的睡眠能夠安穩，昴邊顫抖邊轉身。——方才一直不去正視、熟悉的村莊化為地獄的光景。

白煙的原因，來自被燒死的村長伯的屍體。年輕人是持劍戰鬥吧。村裡散亂著武器和農具，被奪去性命的人們，用鮮血濕潤裸露的地面。

村內處處都有死亡。

一切都在昴到達的很久之前，就迅速落幕。

現在昴就只能隻身一人，眼巴巴地看著在這處發生的慘劇結局，掙扎著伸出遲到太久、沒人會握住的雙手。

到底怎麼了？

發生什麼事？發生什麼不可理喻的荒謬事。

是什麼以毫不留情的暴虐蹂躪這個村莊，凌辱所有生命的尊嚴，屠殺了無罪的村民。

沒有人一息尚存，沒有任何一名倖存者。

『唉呀，昴先生，早安。今天也來陪孩子玩嗎？』

過往昔日，被親暱叫喚的記憶甦醒。

『昴來了！』『昴終於來了！』『昴一個人過來了！』

吵鬧的歡迎聲，嘻皮笑臉和親密共存的孩童嗓音。

『嘿嘿嘿，因為昴是人家的救命恩人。等我長大，就要報恩。』

佯裝大人，狂妄地約定好未來的少女，臉現在被外套遮住而看不見。這兒已經沒有人了。回憶被踐踏、被破壞捨棄、永遠失去。腦袋沒法運轉。面部能稱為洞的洞穴裡，不斷流淌出液體。眼淚，鼻水，口水，持續髒污失去忍耐力氣的臉。

「——啊啊啊。」

繼續這種不像樣的難看樣子，昴在快被淚水溺死的情況下，遲了很久才理解。

這種蠻橫不講理的悲劇，不可能只有殲滅一個村莊就結束，不是嗎？

「————」

昴的全身竄過前所未有的惡寒。

自從掉到這個世界，曾跨越過多次性命危機，也曾選擇屈服。但這次卻給昴帶來最大等級的恐怖與絕望。

——在自己手不能及的地方，自己重要的人們被奪去的絕望。

牙齦在打顫。

雙眼流淚過頭到生疼，閃爍模糊的視野仰望天空。一副不知眼底發生何種慘劇的藍天依舊晴朗，宅邸就在那片藍天底下等待昴。

一心盼望回去的地方，心心念念不斷渴求的地方，都來到跟前的那個地方，現在卻覺得恐怖至極。

不過，將村莊變成地獄的東西，絕對不會放過那裡。

「——啊、嗚。」

好可怕。好恐怖。

不想去思考那個東西走進宅邸的可能性。畏懼到光是想到或是說出口，都可能會成為現實。搖頭，試圖揮別可怕的想像。可是，曾經掠過腦海的想法，固執地緊跟想要揮開的昴，還在耳邊低語拒絕被忘記。

因此，為了逃離，昴只好緊緊抓住最後的手段。要是說出那個可能性，『她』可能也會有生命危險。

「雷姆⋯⋯呢⋯⋯？雷姆她⋯⋯怎、怎麼了⋯⋯？」

比自己更早抵達這塊土地的少女。

擔憂昴的身體，依偎著昴，肯定昴，卻又背叛昴的少女。

昴是真心知道，呼喚少女名字的意義。

明明知道，卻還是選擇呼喚她的名字。

昴佯裝擔心雷姆的安危，企圖用惡劣的手段矇騙自己的內心。

「雷姆回來的話⋯⋯不可能放著村莊變成這樣⋯⋯」

藉口。

在只有自己的地方，重複連自己都騙不了的藉口。

惡劣。差勁。

不想理解，卻又理解。

與其要說出失去心愛少女的可能性，如果那樣會導致自己的心靈崩潰，那只要交出其他犧牲品就行了。

裝作沒看見自己卑鄙的想法，昴口述只能騙自己的謊言。

藍髮少女的微笑，靠著自己的體溫，呼喚昴的聲音，感覺越來越遙遠。

「對啊……雷姆……雷姆她……雷姆……」

搖搖晃晃的昴，踩著無力的步伐踏進通往宅邸的道路。

扔下佩特拉的屍骸和村民的死亡，將耳朵整個塞住，拖著腳步前進。

不知道前方有什麼在等著。雖然不想知道，儘管必須知道，卻拿不出衝刺的勇氣。

像溺水者抓緊稻草，獻上成為精神寄託的少女的名字，昴緩緩地爬上坡道，朝著宅邸往前走。

——雷姆死在庭園裡。

7

看過無數次相同早晨的庭園，整個變為前所未見的地獄。

雖小卻色彩繽紛的花圃被踏爛，原本並立包圍宅邸的樹木也都從中折斷倒塌。

綠色草皮染上紫黑色的血，趴臥的許多屍體全都是一身黑的打扮。散落的屍體全都遭受凶猛的暴力，幾乎都不留原形。

遺體的損壞之悽慘，遠遠凌駕阿拉姆村的屍體。

可以想見將可憐的犧牲者化為屍塊的執行者，是在怎樣的盛怒之下動手的。

將黑衣人變成屍體的執行者，是倒在庭園正中央的染血鐵球。

用鐵鍊連接握柄的的鐵球擊碎許多敵對者，但卻在熱戰中被主人放手，看起來散發出沒能陪伴到最後的遺憾。

然後，只能認為最後是孤軍奮戰的『鬼』——

「——雷姆。」

『她』早已不在這裡。

女僕裝染成鮮紅的雷姆，就在距離鐵球稍遠處的庭園一角。趴伏的地面被驚人的血量濡濕，訴說她臨終的壯烈。

「————」

只要看這個庭園裡除了雷姆以外的屍體數量就能得知。

雷姆戰鬥過。和屠殺村民後，將凶牙對準宅邸的惡意對抗。

然後奮戰，打倒多人，渾身是傷也奮不顧身直到死去。

「──────」

黑影集團是想到什麼而殺了雷姆呢？

為什麼？為什麼？為什麼、為什麼、為什麼、為什麼、為什麼、為什麼！

他們又不了解雷姆。雷姆是個拚命三郎，非常努力，擅長照顧人，容易在衝動下做出決定這點是美中不足之處，溫柔待昴也愛跟昴撒嬌，不過有時講話很尖酸，在昴痛苦時陪在昴身邊，但卻又丟下昴離去，是個討厭自己的重度姐控，可是最近開始一點一點喜歡自己了，而且──原本一直自認是姊姊的替代品的她，終於開始走出自己的人生。

「……雷姆。」

就算呼喚也沒反應。

即使搖晃她，變得冰冷的身體已經僵硬，撫摸過無數次的柔軟頭髮因黏到血漿而貼在額頭上。

昴沒有勇氣確認趴在地面的雷姆的表情。

不管是悲痛的表情，還是意欲抵抗到最後的拚死樣貌，抑或者是安詳的死亡容顏，昴都沒有資格承受。

因為害死雷姆的兇手，可以說就是菜月・昴。

「————」

昂注意到攤開雙手倒地的雷姆背後，是收放園藝用品的倉庫。

雷姆不自然的位置。像被保護的倉庫。還有，從門底下流出的鮮血。嗅到屍臭的昴強忍嘔吐感，去碰倉庫的門。

門發出吱嘎聲打開，下一秒湧出的血腥味侵犯昴的鼻腔。忍不住用手堵住鼻子和嘴巴，昴望向雷姆想要保護之物的結果。

——倉庫裡頭的『孩子們』無一倖免。

跌倒，難看地在草地上爬行，昴將翻騰的胃液灑在草皮上。原以為嘔吐物和淚水已經見底，其實沒有。

「嗚！呼嗚……」

雷姆是為了保護孩子們才戰鬥，然後死去。

想起手持武器應該是要作戰的村民們，他們也都沒有逃走。

村子的大人為了讓小孩逃跑而留守村莊，為了保護逃進宅邸的小孩雷姆在庭園奮戰，孩子們就躲在倉庫裡頭祈求得救。

但是，祈願卻被殘暴地踐踏，性命被冷酷地奪去。

「噫。」

突然，慘叫跑出昴的喉嚨。

並非發生什麼事。而是原本忘記的恐懼突然甦醒。

為了向認識自己的人求救，昴回到村子，回到宅邸。但是卻沒有任何生還者，只有不會說話的死人迎接昴。

感覺被注視。被不會映照東西的空虛瞳孔。

感覺被責備。被張得開開、沾滿鮮血的嘴唇。

「不對……不對、不對不對不對不對……！」

——為什麼你還活著？

——為什麼我們非死不可？

「不對……不是的，我……並不希望…發生…這種事……」

我有理想。我有夢想與希望。

聽到危機逼近愛蜜莉雅的時候，昴認為這是上天的恩賜。

他相信這樣一來就能讓拋棄自己的愛蜜莉雅，對自己另眼相看。

就像一直以來那樣，昴在絕境中拯救愛蜜莉雅，然後被她感謝，填補些微的齟齬鴻溝，一同攜手繼續前進邁向未來。

而引發的苦難、危險、悲劇，都不過是為此而有的跳台。不管發生什麼事，只要能夠挽回就用不著在意。

縱使報應是如此龐大數量的屍體——

「不是…我害的……不是我、不是我……！」

搖頭站立，昴把眼光撇開倉庫，背對雷姆的屍體，朝著宅邸跑過去。

橫過庭園，踹破宅邸平台的窗戶後侵入建築物內。鞋底踩著玻璃碎片，昴簡直就像外人一樣在昏暗的宅邸內來回奔跑。

「有誰在有誰在有誰在有誰在有誰在有誰在有誰在有誰在有誰在……」

像是緊抓希望，像被附身一樣，昴為了尋找其他人的存在而不斷奔跑。

然後就跟在村子裡頭亂竄時一樣——不，是垂涎更醜惡的希望。

「不是我害的……不是我害的……不是…我害的……不是……！」

——我並不期望這種事發生。所以說這不是我害的。

希望有活著的人可以肯定這點。

又或者是某人活下來的這件事實，會成為肯定。

所以說昴持續尋找、渴望生還者。非找到不可。

不然的話，昴會沒法自己肯定自己。

要是相信這種慘狀是自己的輕率思考所引起的，心靈一定無法保持平衡。

為了不讓心靈四碎破散，為了避免負起這龐大死亡的責任，就必須用煞有其事的道理來保護自己。

粗魯地推開旁邊的房間，看看裡頭感到失望後又衝向下一道門。依照手感檢查房間，昴不停地尋找應該在宅邸裡的四個人。

拉姆，碧翠絲，羅茲瓦爾，還有最重要的愛蜜莉雅。

「出來……出來啊……求求你們……救救我……拜託救救我……!!」

邊發出僵硬到半哭的聲音，昴邊聽著絕望的腳步聲。

要是平常的昴，就算沒有要去也能一下就抵達碧翠絲的禁書庫。然而現在這緊要關頭，卻怎麼也找不到。

那張不饒人的嘴巴，現在想聽她的挖苦酸語想得不得了。

虛弱地拖著腿的昴，面頰再度爬過止不住的淚水。哽咽妨礙呼吸，但尋找活人的昴依舊張著像死人的眼睛繼續行走。

——在二樓角落的房間，發現拉姆的屍體。

橫躺在床上的拉姆並非睡著，在短時間內看到太多死亡的昴一看就知道。

白裡透紅的肌膚失去血氣變成慘白，比平常還要豔紅的朱唇引人注目。與雙胞胎妹妹的死狀相反，死後被化妝的拉姆看來楚楚可憐。原本她閉上嘴巴就很可愛，只是平常很愛耍嘴皮子。

——可是，這決不是自己想看到的樣子。

「噫。」

彷彿聽到詛咒。

跟在村莊、在庭園聽見的怨嘆相同，都在詛咒生者昴的性命。

昴幾近狼狽、爬著逃出拉姆沈眠的房間。手撐著牆壁，拍打不聽話的雙腿，恨不得早一秒遠離那兒。

塞住耳朵，搖頭，昴來到階梯平台。用四肢匍匐爬行的途中，好幾次跌倒，要用手攀著上一階才能爬上去。

拉姆死了，剩下三個人。雙腳自然地避開愛蜜莉雅位在同樓層的房間。爬到最頂樓，前往本棟的正中央房間。

羅茲瓦爾的辦公室。雙開的厚重門板保持沈默，堅固的樣貌保持莊嚴，看起來像是摒除了逼近這宅邸的惡意。

門沒上鎖。踏進房間，環視室內。懷著半放棄半看開的心情，擔憂羅茲瓦爾的屍體靠在辦公桌上的可能性。

雷姆死了，拉姆命喪屋內。昴究竟是在尋找活人，還是為了根絕希望而帶著絕望奔波，連他自己都不知道。

「────」

辦公室裡沒半個人。

毫無人味的室內沒有被肆虐的跡象，桌子和擺設都跟平常一樣。

許許多多的安心，支配了昴。

那是不用確認羅茲瓦爾的生死的安心，也有著死者人數沒增加，被責備的理由也沒增加的安心。

「——？」

不對，房間看來跟平常一樣的感想是錯的。實際上有一個和記憶大不相同的地方。房間的書櫃位置產生變化。

「竟然有這樣的機關……」

牆邊的書櫃往旁邊大幅平移，後頭出現一個昏暗通道的入口。膽戰心驚地往裡頭看，結果看到螺旋狀的階梯往下延伸。

是以防萬一的避難通道。昴的腦海浮現這樣的想法。

既是邊境伯又是領主的羅茲瓦爾，準備這種自保的機關也不奇怪。應該說他是很歡欣愉悅地準備吧。

冷風吹拂的隱藏通道，看起來通往相當深的地方。這條路當然是能夠安全脫離宅邸的路線吧。

「既然如此，愛蜜莉雅也會……」

倒抽一口氣，深呼吸幾下後，昴懷著覺悟踏進避難通道。

摸到就沁人心肺的牆壁不知是何種材質，綻放著淡淡的青色光輝，雖然只有幾公尺高但可以看見腳下的視野。靠著光芒，手貼著牆壁，昴小心不要踩空，慎重地拾階而下。

隱藏通道似乎通往宅邸地底，走完樓梯後，就是筆直延伸的通道。光源還是一樣，只能仰賴發光的牆壁。

不過，追隨生還者腳步的實在感，勉強支撐現在的昴。

自己是活著還是死了，對昴來說已經含糊不清。

「——嗯，哦。」

貼著牆壁的手掌突然失去支撐，改為撫摸空間。只好手往前摸索，身子朝前進，結果在通道的中途有個小小的廳堂迎接昴。

與其說廳堂，不如說是個小房間。比客房還要窄一點的空間裡，點綴著幾根柱子。間隔不一致的柱子，給人設計思維有夠扭曲的觀感。

穿過礙事的柱子旁邊，昴用極為緩慢的動作前進。來到地底後，手腳就像灌了鉛似的，感覺動作變遲緩以及充滿倦怠。本來就已經開始含糊不清的思考也跟著鈍化，連幾秒前的記憶都不甚清楚。

每往前踏出一步都是苦戰。眼皮好重，雙肩像是扛了大石般被限制動作，儘管如此昴的身體還是被執著、被怨恨、被使命感、被瘋狂給推動。

穿過柱與柱之間，直直往前走，在房間最深處看到一道鐵製的門。到了門前，風從門的縫隙中吹出來，裡頭似乎還通到其他地方。

——我到底是在尋求什麼呢？

停滯的思考在抵達答案之前，血液不流通的手指先伸了出去。喘氣的嘴巴開合之後，昴僅基於使命感這理由，握住門的把手。

——頓時，碰觸把手的右手傳來彷彿被燒灼的劇烈痛楚。

「——啊嘎嗚啊！」

在劇痛下慘叫，昴幾乎是硬扯才甩開右手。灼熱的痛楚擴及碰觸門把的整隻手掌，從痛苦中預料其慘狀的昴看向右手。

——右手那裡已經沒有應該存在的食指。

「——啊？」

傻住，愕然，昴攤開舉至眼前的右手，仔細觀察。

變成白色、掌皮剝落的右手——五根手指裡頭，只有食指從根部開始就不存在。中指和拇指也都各少了一個指節。

「————」

視線緩緩回到門上。昴不見的手指，都黏在剛剛抓住的把手上。

正確來說，曾是手指的東西被扭下來。

——得快點接回去、恢復原狀！

渾沌的思考只想得到這個，為了拿回掉落的手指昴的手再度伸向把手。但是，身體卻比方才更難行動，從肩膀到手肘，從手肘到前頭，根本不聽使喚。不肯動的手臂叫人心急，想要靠近門的昴於是往前踏出一步。

剎那間，右腳腳踝從根部碎裂。

「──呃啊啊啊！」

往旁邊倒下，喉嚨發出不成聲的聲音。

不知道那是對痛苦的慘叫，還是意義不明的活人掙扎。

為了叫喊而吸氣的瞬間，身體內側被白色空氣給填滿，導致無法動彈。

肺部攣縮，呼吸機能在一瞬間死去。儘管重複又短又淺的呼吸，但不會膨脹的肺部卻不打算吸收氧氣。不尋常的狀況，讓只能動眼睛的昴拼命轉動眼珠。

全身的感覺變得極度含糊。雖是第二次失去腳的經驗，但粉碎跟切斷在痛苦和喪失感上，性質都有所不同。倒地的身體也是。碰地的右半身也有多處龜裂。

已經不會顫抖的嘴唇吐出白霧，事到如今昴才察覺到狀況。

接觸地面的臉頰黏住地板，只要轉動脖子面皮就會剝落或是裂開吧。已經感受不到疼痛了。粗暴地動，右臉頰和耳朵就整個脫落。無所謂。花時間讓身體仰躺，看著位在頭頂上的小房間，昴理解了。

柱子的位置會那麼散亂也是當然。

因為那不是柱子。不，雖是柱子，但並沒有支撐建築物的功用。

那是變成冰雕死去的人柱。

跟昴一樣落入白色終焉，就這樣化為冰柱的犧牲者們。而且，再過沒多久那結局也將會降臨在昴身上。

呼吸已經停住。

有限的氧氣巡遊大腦，但在極寒世界中大腦的機能和性命，哪一個會先結束呢？

什麼也不知道。什麼都看不見。

身體從指頭開始逐漸化為冰之碎片，菜月・昴的存在慢慢邁向終點。

如果要說的話，在這裡的早就不是菜月・昴，而是披著他的皮的瘋子才對。

很久以前，抵達村莊的時候，說不定心就已經死了。

下半身的感覺消失。已經看不見手和其他地方了。大腦還在活動真是不可思議。生命究竟是蘊藏在哪裡呢？是在大腦，還是心臟？

這個答案，沒法出現在結凍世界裡。

「──已經太遲了喲。」

在只被白色支配的世界中，失去溫度的低喃響起。

然後，

──菜月・昴粉身碎骨，化為白色結晶從這世界消失。

第四章　『瘋狂的外側』

1

——清醒是從黑暗被切開、眼皮被日光燒灼的痛楚開始。

「——哥？」

溫熱的血液通過手腳，原本碎裂的下半身牢牢地踩踏地面。

失去的機能在眨眼間就全部恢復的現象。瞬間再度啟動的大腦，為了處理灌注進來的情報量而當機，眼睛就真的開始打轉起來。

只有耳鳴支配的世界裡，人類營生所發出的雜音闖了進來。人們在帶著塵埃的道路中熙來攘往。尋尋覓覓的生者，數量多到埋沒視野。

看著流暢避開自己的人潮，傷痕累累的心劇烈翻騰。

「喂！叫你啊！聽到了沒？」

咂嘴的粗嗓音就從旁邊傳來，視線緩緩轉向那邊。正面站著一名臉上有縱向傷疤、皺著眉頭的可怕男子。對方用手指撫摸白色傷疤，說：

「饒了我吧，小哥。不要發呆啦。」

「咦，啊？」

感。

「那是什麼白癡回覆。算了，怎樣都沒差啦。不說這了，要怎樣？」

昴只用沙啞的聲音回應，男子嘆氣，然後催促結論。

他伸出的手掌上，放著一個小巧的紅色果實。跟男子的外觀是超級不搭嘎的組合，有損現實感。

傻傻地望著那個的昴保持沈默。認識狀況的能力產生重大缺陷。但是，男子絲毫不查昴的異常，探出身子繼續說。

「開玩笑也要適可而止。是要我問幾遍！你到底要幾個凜果啦！」

男子的手臂越過櫃臺，抓住昴的肩膀，粗魯地拉近自己。低頭的身體毫無防備地用力撞上櫃臺，男子一臉驚訝，放開手。

「幹、幹什麼呀！站好啦。你腳是都沒力氣喔……」

「腳……我的…腳？」

「就接在腰下面那兩條東西啦。你該不會是夢到自己的腳不見了吧？」

一臉厭煩的男子指向昴的下半身。視線跟著往下，那兒有在微微顫抖的雙腿。不可靠的雙腿撐不起身體，現在正靠著櫃臺。

「算我求求你，惡劣玩笑開到這就行好不好。平常本來專講些別人聽不懂的話，現在是怎樣，怪怪的喔。」

覺得很麻煩的男子這麼說，但昴的身體依舊沒反應。

無法將現實認作為現實。某處的朦朧感，在肉體和靈魂的聯繫之間產生齟齬。從策動身體的信號到情報，感覺全都只是左腦進右腦出。

我在幹嘛？

發生什麼事了？

感覺好像發生了什麼事，但到底是什麼事呢？

——我在這裡做什麼、做什麼、做什麼、做什麼！

「——昴？」

突然，少女的聲音震動耳膜。

「——————」

無聲瞪大眼睛，抬起頭。

櫃臺深處、在可怕男人的後面收拾東西的嬌小身影站了起來。

身穿以黑色為基色的洋裝，配上白色圍裙和鮮白髮箍。小個頭又纖細的身體挺直背脊，隔著櫃臺用可愛的臉蛋看向昴。留至肩頭的藍髮隨風搖曳，更加襯托出少女清爽又溫柔的印象。

眼淚冒出來。

「喂？」

「昴？」

嗚咽溢出，視野逐漸模糊。

害怕原本清晰的少女變得不清楚，所以拼命地擦眼睛。

然而少女卻越來越遠，喧囂越來越大聲。

注意到時身體已經失去櫃臺這支撐，整個人倒在馬路上。力量和想法傳不到雙腳，就只能倒在路上流淚，重複抽搐的呼吸。

不，那不是呼吸。

「呼嘿！……嘻嘻，哈哈……嘿嘻，嘻哈哈哈……！」

是笑聲。

喧鬧聲擴大，看過來的視線數量以加速度增加。

有人在看我，正在看我。我不孤單。我不是一個人。光知道這點，像塊破布倒在地上的自己就覺得被肯定。

「怎麼了，昴！沒事吧？振作點……」

繞出櫃臺太慢了，少女直接躍過櫃臺，來到昴身邊。手繞過倒地的他要把他抱起來。就在這時。

「咦？」

被毫無防備接觸的身體，反過來用力抱緊。

少女愕然，承受擁抱。帶著熱度的呼吸近在耳邊，感覺十分心曠神怡，為了把鼻子靠在她肩膀上於是更用力地抱緊。

「怎……嗯嗚，昴？請問……」

困惑的少女想要說什麼。

每一字每一句，每個單字，每個發音，甚至呼吸，對昴來說都是福音。

不肯放開緊緊抱住的手臂。微微扭動身子的少女，也安靜下來接受擁抱，沒有試圖掙脫。

溫暖的身體，生命的鼓動，他人的存在。從未這麼確切地真實感受到。

「嘻哈……嗚嘻哈、嘻嘻嘻嘻。」

菜月・昴──瘋子就只是笑個不停。

2

「這個老實說，也只能舉雙手投降了喵……」

坐在皮革椅子上，手指抵著臉頰的菲莉絲如此斷言。

抖動貓耳，搖晃亞麻色頭髮的美人，視線離開躺在床上的昴，用同情的目光望向站在旁邊的雷姆。

「菲莉醬能夠治療的，就只有肉體的傷。不管是身體外側還是內側……可是心靈的傷就沒辦法了喵。」

「……不會，謝謝您這麼盡力。」

菲莉絲為力量不足道歉，雷姆則是向他鞠躬道謝。

但是，欠缺抑揚頓挫的聲音裡頭不太有感情。跟平常刻意去壓抑的情況不同，那是雷姆內心震撼過大而造成的悲慘變化。

菲莉絲沈痛地閉上一隻眼睛。保持低頭的雷姆沒有察覺到他的反應，而是微微歪脖子去注意睡在床上的昴。

被放在床上，給兩個人照顧的昴沒有在睡覺。

他的雙目睜得開開的，一直盯著正上方的天花板。有時候會像是想起什麼而發出一陣怪笑，笑完又突然開始哭。

不穩定的狀態，直到現在也持續在折磨昴。

——昴變得不正常，真的是很突然。

直到今天早上，不對，中午過後跟雷姆兩人在王都閒晃時他都還很正常。雖然前些天那件事讓他在態度上有點勉強，但昴還是努力裝作沒事樣。雷姆也尊重他的意思，態度不變地對待他。

實在想不到讓他變這樣的契機。

昴的樣子驟變的瞬間，自己的目光不在他身上。對此雷姆引以為憾恨。即使沒在看他，但自己在店裡幫忙的同時，也是有在聽店老闆和昴的對話。

在雷姆的奮鬥下完成驚人的銷售額，心情大好的老闆就說要讓他們帶禮物回去。還記得被問到要拿幾個凜果回去的時候，昴很不客氣地回答說全部。

昴的態度突然改變、虛脫倒在馬路上就是在回答完之後。忽然就變成看著想要抱起自己的雷姆，時而悲傷時而高興地流淚和發笑。

察覺到事態欠佳，雷姆明知很為難他人卻還是把昴扛回庫珥修宅邸。本來懷疑是被魔法干涉，因此硬是拜託菲莉絲診療。

但是，結果卻是徒勞。就連王都的頂級治癒術師菲莉絲，也不知道昴異變的原因。既然菲莉絲都沒法處理，那就算聚集全王都的偉大魔法使者，也沒法治癒昴。

昴現在的狀況與魔法無關，只是心靈突然失去平衡。

「是不想這樣說喵，但妳要怎麼辦？」

「不知原因還要您處置……為難菲利克斯大人您了。」

「不──會，那倒沒關係。不如說，他變得不會吵鬧，對菲莉醬來說反而更方便治療喵？」

昴厭惡菲莉絲的治療，老是絮絮叨叨不滿。沒反應又睡著不動的昴比較好處理，這個意見確實可以理解，但是這發言也太過粗神經。

「不過咧，真的還要繼續治療嗎喵？」

「……您的意思是？」

抬起頭，原本看著昴的雷姆視線移向菲莉絲。

「希望妳聽了別生氣喵，但昴啾要治療門，是為了不讓日常生活有所不便吧？」

「是的。」

「那已經沒法過日常生活的人，就算治療也沒意義囉喵？」

「——昴才沒有！」

聽到對方屢次吐出神經大條的發言，雷姆也忘了對方的身份而動怒。只是，即使目擊雷姆這樣激昴的情感，菲莉絲的眼神依舊不減質疑。

「他還沒死，妳想這麼說吧？看到他這狀態了嗎？妳是真心這麼說？雖然發生許多事，但因為一點小事心靈就崩潰到這種程度的人，就算重新站起來也沒用啦喵——」

菲莉絲俯視昴的目光，有著清晰的輕蔑色彩。

被授與『青』的稱號，身為代表露格尼卡水之魔法使者的赫赫有名人物，表現出的態度也太過冷酷。雷姆心想。

沒有治療價值的人就捨棄。這就是王國頂尖治癒術師的判斷：看不出痊癒的可能性，和自以為懂昴這個人。

「唉呀呀，好恐怖的眼神……昴啾也真是個幸運兒。雖然他本人沒自覺喵。」

「昴現在的狀況與王選無關。昴不是會因為一點失敗就內心受挫的人。」

「要相信他隨便妳。菲莉醬倒是認為幹了那種事內心都沒受挫反而是問題呢。而・且・呢，」

與輕佻的口氣相反，菲莉絲用冰冷的目光凝視雷姆。

「請不要誤會了喵，菲莉醬並沒有憎恨昂啾或是特別討厭他，所以才講這種話喔喵。」

「……………」

「這不是在說昂啾個人怎樣喵。菲莉醬只是單純討厭欠缺『求生意志』的人喵。」

菲莉絲指指昂，然後又把手指抵著自己的下顎。

「像菲莉醬這樣魔法只朝一處發展，力量就只能用在治療上，沒有別的用處。為了幫上庫珥修大人的忙，人家每天都去幫助形形色色的人。每個人為了活下去都很拼命，人家也不討厭被感謝，還更加有動力使用力量喵。」

「您很了不起，值得欽佩。」

「謝謝。——不過，菲莉醬也不是不想去救不想活的人。只是這種人就算身體治好了，也還是會去浪費生命吧？既然如此，不如讓這種人給別人添麻煩之前就結束生命算了。沒——錯，結束掉還一了百了。」

清楚明白告知後，菲莉絲別過臉。

那頑固態度的背後，雷姆確切地感受到菲莉絲對生命的真摯。她一路走來經手過的生命數量肯定不少。儘管話語裝得很輕薄，但那是菲莉絲從至今以來凝視著的生與死所學到、並建立在心中的生死觀。

「就算那樣，昂他……」

雷姆只能悔恨、被菲莉絲的話駁倒，同時凝視昴。

昴絲毫不覺自己是話題的焦點，現在也還斷斷續續、微微發出讓聽到的人心中留下傷痛的怪笑聲。

說真的，雷姆也好想緊抱內心一團亂的昴，大聲哭喊。

但那是玷污昴的名譽，更是讓大恩人羅茲瓦爾的名聲掃地的行為。不僅如此，還是背叛雷姆自身持續守護的想法。

「——菲莉絲的意見，有點嚴苛過頭了。」

突如其來的嗓音，嘹亮地響徹充斥尷尬沈默的室內。

聽到這聲音，雷姆的頭像反彈一樣抬起，發現來訪者的菲莉絲一派若無其事的樣子。不過他看向那個人的眼眸中，跟平常一樣寄宿著熱情。

「庫珥修大人。」

「弱小是罪，我不會說到這種地步。但我認為積弱成是，不導正觀念並甘於現狀是一種罪惡。」

庫珥修的到來令雷姆連忙鞠躬。伸手制止的庫珥修，搖晃著長長的綠髮走到床旁邊。然後俯視現在也在露出怪笑的昴，接著瞇起眼睛。

「原來如此。這確實是很嚴重的事態。知道原因嗎？」

庫珥修問，菲莉絲舉起雙手回答。

「不——知——道。根據雷姆醬說是突然就倒下，所以把他身體每個角落都徹底檢查過一遍。可是，絲毫沒有瑪那方面被干涉的跡象喵。」

「咒術之類的可能性呢？雖然覺得不太可能，但會不會是知道王選關係人士情報的人做出的牽制之舉，或是其他陣營的示威行為？」

「兩邊都不可能吧？要動手腳時機不對，而且瞄準昴啾下手誰會得利？雖說是關係人士，但眾所皆知昴啾是無能之輩，而且他身上沒有包含咒術在內的魔法性干涉，這人家可以斷言。還・是・說，」

在這邊斷句同時歪頭，菲莉絲貼近雙手抱胸的庫珥修。

「庫珥修大人，懷疑菲莉醬的能力？」

「怎麼可能。你的能力、人格和忠誠，我都不可能去懷疑。就算被你從正面拿短劍刺過來，這想法也永遠不會改變。」

「討厭，庫珥修大人說了叫人難以置信的甜言蜜語……討厭，人家腰都酥了——」

放著扭動身軀的菲莉絲不管，庫珥修朝雷姆投以透徹的眼神。

「菲莉絲這麼說了。而且，要是菲莉絲幫不上忙，那寒舍就沒有人能治療菜月・昴。能力不及，實在抱歉。」

「——不會。我們對您寬大的關懷十分感激。」

又沒有責備庫珥修，她本人卻先謝罪。這讓雷姆再度彎腰。

其實，就算窮盡言詞、道盡禮數，都還是無法回報蒙受的溫情。
接受王國最頂級的治癒魔法使者的診斷，欠下在政治上敵對的人人情。不僅如此，他們還處處關照兩人。
庫珥修他們沒有任何疏失。這點雷姆很清楚。
——因為雷姆對於昴為何會變這樣，心裡有個底。
「——魔女。」
包圍昴全身的魔女氣味——『瘴氣』的濃度增加了。
瘴氣是否為昴陷入異常的直接原因尚不明朗，但昴在倒地之前那股氣息膨脹起來是事實。
既然原因是魔女的瘴氣，那就不能責備菲莉絲判斷沒有救。因為能夠感受到瘴氣的，只有極少數的人。
就連拉姆都沒法嗅到魔女瘴氣，那是雷姆才有的特質。
身上帶有瘴氣的存在，都是有非份企圖的壞蛋。
這個生理上的嫌惡感，來自於討厭到產生先入為主觀念的氣息和記憶。
不過，那樣的偏見在散發前所未有、最強烈的魔女瘴氣的少年的行動下，連同原本是頑石一顆的心一同被溶解擦拭掉。
即使如此。就算那樣。
這股瘴氣帶來的，絕非好事。雷姆她……

——鬼深切地體認過這點。

3

「——多謝照顧。關照至今的厚意，容小的代主人獻上感謝。」

雷姆深深一鞠躬，表達謝意。

站在她面前的是庫珥修和菲莉絲兩人。三人站在庫珥修宅邸的玄關大廳——也就是，這是別離的招呼。

「力有未逮，實屬抱歉。本來是得到了對等代價，應該要做到完滿才對。」

「不會。決定中途放棄治療的是我們。庫珥修大人為我們提供最大限度的關懷。支付約好的代價是理所當然。」

庫珥修視線稍稍往下，雷姆毅然抬頭如此回應。

「真的很抱歉。」接受這說法的庫珥修再度謝罪，但沒有再多說。因為她知道之後就只有形式上的應對。

「結果半途而廢了喵，但沒辦法。雷姆醬要健健康康喔。昴啾的話……應該要他多保重嗎喵——？」

代替閉上嘴巴的主人繼續話題的是菲莉絲。

豎起手指閉上一隻眼睛，菲莉絲盯著雷姆背後——背靠著門，站相難看至極的昴。

昴的狀態沒有好轉。還是一樣反應遲鈍，意識分不清夢境與現實。儘管如此，朝他伸手他就會像個小孩一樣牽住，而且也可以站著不會倒下來了。只有不時突然哭突然笑這點還是沒有變。

「冒犯府上的失禮行徑，就算說再多道歉的詞彙也不夠。蒙您寬容處理，雷姆由衷感激。」

「有契約在先，而且又是稍微交談過的對象，怎可能無禮對待。不過我想今後對妳來說會很辛苦。」

「這點……雷姆已有所覺悟。」

斜瞥微笑的昴一眼，雷姆抓起洋裝裙擺表明決心。

就像庫珥修憂慮的，苦難就等在眼前。心知肚明的雷姆還是一肩扛起照顧昴的工作。畢竟……

『讓我們笑著並肩而行，聊明天這種未來的話題吧。跟鬼邊笑邊聊明年的事，可是我的夢想唷。』

雷姆沒有忘記過去昴曾對自己說過的話。

在腦中重複幾遍、幾十遍、幾百遍，不斷回憶那個場面。

昴拉了自己一把。所以說，自己必須回報昴同等的東西。

而那是自己不管花費多少心力都追不上的龐大之物。

「你的要求，沒法如實回應，真的很遺憾。」

朝著垂下眼簾的庫珥修搖頭，雷姆淺淺一笑。
很感激這麼說的她的關心。特別是在搖搖欲墜的現在。
「一切都是我們不好。——雖說結果叫人遺憾，但期望聽聞庫珥修大人今後的活躍。」
「這邊也有話想請妳轉達給愛蜜莉雅：讓我們彼此打一場不辱沒自身靈魂的戰鬥吧。」
這樣的對話，令雷姆自覺到自己在這個場所的任務結束了。
昴的療程到一半就打住，也沒完成羅茲瓦爾下達的密令。
厚著臉皮回去，簡直像是要回去討罵受罰。
儘管如此，雷姆不得不回去。為了昴，別無他法。
「我知道妳要回羅茲瓦爾宅，但有治癒的指望嗎？」
「至少，可以讓昴見到愛蜜莉雅大人……」
面對菲莉絲的問題，雷姆強忍懊惱，表明唯一的希望。
不管呼喚多少次，不管互相碰觸幾次，不管多積極地照顧，昴就是沒有回應雷姆原本該有的反應。
只是，即使是這種狀態的昴，有時也會說出有意義的字詞。
「名字……」
「嗯——？」
「有的時候，他會講出名字。雷姆的名字，還有姊姊的。以及……」

在胡言亂語中道出的名字裡頭包含了自己的名字，叫雷姆喜出望外。但相反的，不管自己多麼努力他都沒有反應，又叫人悲從中來。

雖然沒意義的話很多，但被唸到的名字裡，出現頻率最高的是……

「──愛蜜莉雅大人。見到那位大人，或許會有什麼改變。」

「可是啊～可是，聽說他們分開的方式很殘酷耶？在那之後只過了四天左右喵，她那邊腦袋還沒冷卻吧喵？再等個一陣子……嗯，太勉強了呢。」

「雷姆知道這麼做，對愛蜜莉雅大人的心情有欠周慮。不過，這不是雷姆個人的判斷就能處理的問題。也是為了請求指示，所以非回去不可。」

雷姆竭盡全力，用顧慮主人的這種發言來偽裝自己的真心。

使用自己身為佣人的正當理由，來隱藏真心所望。即使對自己的存在沒能拯救他的心一事感到難過想哭。

「──威爾海姆來了。」

突然，抬起頭的庫珥修瞇起眼睛。

追著她的視線看過去，雷姆看到宅邸外圍、鐵門的後方來了一輛龍車。熟悉的老紳士就坐在駕駛台上。

「目前，寒舍能出借的長距離用龍車就只有那輛。詳細不能說明，但最近有個需要大量龍車的案件。」

「運氣很好捏。這樣只要橫過魯法斯街道，就能在明天之前抵達宅邸吧，半天的話街道應該還能通行吧。辛苦啦。」

雷姆看著停在門口的龍車，心裡覺得爬高高的太陽陽光好耀眼。

時間已過中午，現在讓龍車全力奔馳的話半夜就會到宅邸。接近宅邸，就能用共感覺通知拉姆兩人要回去了。

「您的溫情，我們由衷感激。」

「別在意。跟我們得到的相比，不過是微不足道的回報。需要什麼，儘管要求。」

庫珥修的話，讓人感覺不出是上流階層的社交辭令。

能夠得知她的為人，是在這裡度過的時間中得到的小小幸運也說不定。雷姆心想。

「那麼，這次真的要──」

「雷姆。」

當場行禮，準備要道別的雷姆被庫珥修呼喚。

雷姆停止動作，庫珥修的眼眸第一次掠過猶豫。

「雖然很不識趣……但有事想請教。」

「是。請問是什麼？」

「為什麼，妳要為了菜月・昴盡心盡力到這種地步？」

看著靠近雷姆的昴，庫珥修消除琥珀色眼睛裡頭的感情。

「妳和菜月・昴的關係，並非我跟菲莉絲這種主從關係。但是，從妳的眼神和舉止來看，要斷定是男女關係又讓看的人想推一把。」

「…………」

「不想回答的話沒有關係。我也為問出口一事感到羞恥。」

沈默的雷姆，讓庫珥修壓低音調為自己的愚昧無知致歉。菲莉絲默默地盯著這樣的主人，雷姆則是在他們面前搖頭。

「不。並不是在猶豫怎麼回答。只是，雷姆也不知道該怎麼說才好。——因為太難表達。」

化做言語的當下，感覺一切都會轉變成其他東西。

庫珥修會有疑問也是自然。存在於雷姆心中的『那個』，每一秒的形狀都不相同。無時無刻都在改變大小、熱度和強度，在雷姆心底扎根。

不想化為具體的言詞。沒法變成清楚的字句。

不過，若是要刻意將雷姆心中的無形之物傳達給他人的話。

「因為昴是特別的吧。」

「——」

這算不算是答案，連回答的雷姆也不甚清楚。

不過，現在這個答案，最能夠象徵根植於自身的『那個』。

「兩位怎麼了呢？」

邊撐著昴邊觸碰自己胸口的雷姆，看他們沒反應而好奇歪頭。

看起來，庫珥修和菲莉絲都有點吃驚，說不出話來。

自己是否做了失禮發言？兩人的反應頓時讓雷姆覺得不安。

「抱歉。我有點恍神了。」

「不──會不會，剛剛是沒辦法的事。菲莉醬也嚇到囉。畢竟啊……王城舉辦會談時，雷姆醬應該沒有參與喵。」

視線交會，互相點頭的主從說的話，雷姆實在不懂。但是，庫珥修很滿意雷姆的回答吧。

「我為不識趣的失禮致歉。對不起。──菜月・昴是個幸運兒呢。」

「真的捏。要是他恢復的話，就算貪心也得放棄捉弄他了。」

淺淺微笑的庫珥修，和壞心搭話的菲莉絲。兩人拋棄客套，直接表達希望昴快快痊癒，因此雷姆也懷著感激回以微笑。

「多保重。」

「加油喔──」

朝著目送的兩人深深最後一鞠躬後，雷姆拉著昴的手離開庫珥修宅邸。等在大門的威爾海姆，邊點頭邊遞出韁繩。接過後，也朝老紳士行禮。

「威爾海姆先生，也對我們有莫大恩情。」

「哪裡。對我這把老骨頭來說，這話過頭了。而且，我與主人同樣感到無力。在變成這樣之前，怎麼也沒想到會如此。」

威爾海姆瞇起眼睛，用掠過複雜感情的眼神看著昂。

回頭想想，在庫珥修宅邸最常接觸昂的就是這位老人吧。雖然只有四天，但勤於練劍的昂和威爾海姆可說是師徒關係。

威爾海姆或許也為沒能救得了昂感到後悔。

「果然我自那時開始，就一直原地踏步啊……」

「威爾海姆先生？」

威爾海姆只在口中發出呢喃，似乎是透過昂看到了其他東西。雷姆的呼喚讓他眨眨眼，搖搖頭。

「失禮了。沒什麼，至少我能祈禱昂殿下逐漸康復。路上還請雷姆殿下多加小心。」

「謝謝您。威爾海姆先生也是，請保重身體。」

最後掠過老紳士瞳孔中的虛幻色彩——雷姆揮去對此的些微擔憂。

自己本來就比別人還要不懂得看臉色。伸出雙手好不容易才能著手一件事。而現在，已經決定好該用自己的雙手支撐的東西了。

「昂，過來這邊。」

「……嗚，啊？」

撐住晃動的身體，從後方抱起他，放在駕駛台上。雷姆也坐到隔壁，在坐兩人會嫌窄的駕駛台上，承接昴的存在。

左手繞過貼近的昴的腰，右手牢牢握住韁繩。

「可能會有點不舒服，不過請忍耐。」

接下來有很長一段時間，都得在這種狀態下駕車。

雖然也擔心昴所受的負擔，但在抵達宅邸之後也得保護好他。羅茲瓦爾他們，一定不歡迎昴吧。

可能沒人站在昴那邊，只有自己，一定要成為他的同伴。

「只有雷姆，一定……會保護昴的。」

鞏固和加深決心的雷姆揮動韁繩，地龍踹擊地面開始奔跑。

遠去的豪宅，以及送行的老紳士。車輪慢慢地越轉越快。

簡直就像在暗示雷姆現在的心境。那種感覺隔著韁繩傳達給她。

4

——離開王都，前往梅札斯領地的旅途相當的安穩。

原本擔心昴會做出奇特的行徑，但很幸運的在龍車上幾乎沒看到。雖說想動也會被貼在身邊的雷姆制止，但大部分的時間他都乖乖坐著，呆呆地眺望往後奔馳的景色度過。

說不定，昴會就這樣好起來。希望在雷姆的心中萌芽。可是這一次，拂過鼻腔的瘴氣香味卻在期待的心情上潑冷水。

「——」

頭點來點去，最後放在自己肩膀上打瞌睡的昴，模樣讓雷姆微微綻放笑顏。

毫無防備，沒有警戒，就這樣全身靠在自己身上。這叫她感到幸福。

現在的昴不是平常的昴。而且雷姆知道，這個狀態並非昴的本意。儘管如此，能被這樣依賴對她來說是至高無上的喜悅。

「昴，再靠過來一點。」

「……嗯，嗚。」

距離近到都可以鼻息撲面，但雷姆還是把昴的身體往自己方向拉。

在狹窄的駕駛台上，兩人的上半身已互相接觸，但雷姆為了以防萬一，所以讓昴坐在自己的左大腿上。右手重新握緊韁繩，並固定昴的身體。

龍車行走期間，雷姆盡可能不要讓昴感到不舒服。

窄小的駕駛台幾乎都被昴佔去，聽到昴難受的鼻息雷姆就會勤快地料理，有時停下龍車讓昴喝水，還有照料他排泄。

本來駕駛龍車對駕駛本身而言就是一種負擔。而且還要這樣時時顧慮，要是常人在途中筋疲

力盡也不奇怪。

但是，雷姆的肉體強度遠遠凌駕常人。忍耐力也很強，更重要的是自己的勞累都是為了昴，這件事本身對雷姆來說就是最鼓舞她的材料。

「其實，不應該在這種事裡夾帶私情的。」

被抱住的昴沒有回應。他的側臉依舊徘徊在夢與現實間。雷姆的低語與其說是要講給昴聽，更接近獨白。

「留在王都，或許昴很不情願……但其實雷姆覺得有點開心。因為在宅邸裡都不能獨佔昴。」

在羅茲瓦爾宅邸的每一天，雷姆能跟昴一同度過的時間並不多。而且雷姆手頭上都是滿滿的工作，昴則是隨時都跟別人在一起。

「工作的時候和姊姊，空閒的話就跟愛蜜莉雅大人。有點時間就去逗弄碧翠絲大人……所以雷姆一直在忍耐。」

「……嗯，呼。」

「昴總是在忙，忙到沒時間停下來……在宅邸的時候為了村民和雷姆而忙，在王都又為了愛蜜莉雅大人而奔波……你總是非常、非常忙碌。」

就雷姆所知，昴不論何時都馬不停蹄地在奔走。

那是為了別人還是自己，理由不會只有一個。

但是，看到昴那樣忙碌，往訪雷姆心頭的感情只有一個。

「所以說，在庫珥修大人的宅邸可以獨佔昴……雷姆覺得有一點點幸福。明明知道昴很煩惱，對不起唷。」

雷姆淺笑的謝罪，令呼呼大睡的昴皺眉頭。輕輕撫摸瀏海蓋住的額頭，雷姆輕聲吐氣。

「明明聽說你和愛蜜莉雅大人吵架還這樣，對不起。」

重複道歉。回想起的，是在王城舉辦王選集會那一天的事。

昴和愛蜜莉雅的關係決裂——沒有置身在當場的雷姆，不清楚兩人之間說了什麼而鬧到這樣。

「愛蜜莉雅大人和羅茲瓦爾大人，都不肯說詳細經過。他們只說了個大概，然後要雷姆去城堡接你，還說已經拜託庫珥修大人照料我們。……之後，在城堡遇見你的時候，雷姆真的嚇到了。」

忘不了在城堡候客室看到憔悴的昴的時候，自己胸口所受到的衝擊。擔憂昴的樣子的同時，也產生強烈的念頭：絕對不能放他一個人。

「所以雷姆盡量待在你身邊。可是，一半出自擔心，一半是為了自己……雷姆只要和昴在一起就會變成討人厭的女孩。」

應該要體貼對方，但也在裡頭找到自己的喜悅。

和昂在一塊，總是會這樣。會發現許多不認識的自己。

「發現到很多自己的討厭之處。你和姊姊處得很好雷姆就覺得寂寞，你紅著臉和愛蜜莉雅大人說話雷姆就會不高興，看到你和碧翠絲大人玩在一起雷姆就覺得很狡猾。」

雷姆扳著手指，細數以前的自己不會發現的感情。

可是，發現新的自己，並不光只有厭惡。

「昂和姊姊處得好雷姆就覺得開心，你紅著臉和愛蜜莉雅大人說話雷姆會覺得你很可愛，看到你和碧翠絲大人玩在一起就覺得你很溫柔。……原來，雷姆也是有這麼溫暖的心情。」

說著不會有回應的話，止不住的獨白持續發出。

無法面對面講出口的心情滿溢而出，雷姆停不下嘴巴。平常就積累在心中的東西，現在一口氣流出來。

「討厭的想法和開心的心情，若不是和昂在一起就不會發現。所以說，雷姆在那些時間裡很幸福……而現在很後悔。」

咬住連綴出溫暖想法的嘴唇，雷姆為自己的不中用低頭。

昂明明一直悶悶不樂，雷姆卻只有做好隨時都能承受他吐露心事的準備。正是因為太被動，才會招致現在的狀況。

應該要更親近他，問出他的煩惱才對。而自己沒這麼做，不就是想要獨佔昂嗎，而會這麼想就是因為自己太軟弱。

雷姆煩惱，懷中的昴扭動身體，似乎是睡得不舒服。

「昴，不要緊。冷靜下來，繼續睡……」

溫柔地說，雷姆中斷陷入自我嫌惡的思考。

強行軍果然對昴的身體造成相當大的負擔。本來想熬夜趕回宅邸，但還是找個地方露宿比較好。

考量到再過兩、三個鐘頭就是第二天，照這個步調的話明天早上應該就能回到宅邸。

「這樣子，就很難用共感覺通知姊姊了。」

使用共感覺的先決條件，是有限的距離和彼此的意識清醒。

特別是從雷姆發送訊息給拉姆，精神和距離的條件都更為受限。從現在的距離要聯繫拉姆是不可能的，但要滿足距離這條件的話除非龍車跑到深夜。

「……果然還是露宿吧。」

下達這樣的判斷後，雷姆操作韁繩，向地龍做出停止的指示。

龍車緩緩停下，地龍鼻子奔氣同時仰望雷姆。先把昴留在駕駛台，雷姆跳到地面確認周圍的安全。

太陽已經西沈，在魯法斯街道能夠利用的照明就只有月光和龍車上備有的拉格麥特礦石。所幸今晚雲不多，光月光就能確保足夠的能見度。這樣一來被宵小盜匪襲擊的可能性也就很低。

「昴，失禮了。」

抱起睡在駕駛台上的昴，用車廂內的毛毯裹住讓他繼續睡。

雷姆凝視發出安穩鼻息的睡臉好一會兒，然後走出車廂負責警戒。不需要擔心盜賊這類人物，但夜晚的街道會有野狗和魔獸成群結隊，而且屢見不鮮。

雷姆知道，知曉血肉味道的野獸和魔獸比人類還危險。

「不過，今晚有你在，或許不用太擔心。」

雷姆伸手撫摸把鼻子湊過來的地龍的頭。

配合亂來的強行軍，聰明又健朗的地龍。完全沒有違逆初次見面的雷姆的指示，教養十分良好。應該要稱讚牠不愧是公爵家的地龍。

不過，地龍的懂事，跟用本能領悟到雷姆屬於生物中的高等存在『鬼』這點不無關係。

地龍在龍裡頭也是格外與人類友好的種族。在人類的生活裡，地龍在很多場面備受重用，性格又溫厚所以很好親近。

相比之下，飛龍和水龍都必須接受特別訓練，而且大多都性格暴烈。因此，跟地龍比起來和人類一同生活的場景就很有限。

總之，親近人類，在龍之中溫厚又廣為人知的地龍，其種族的等級與其他野獸相比別樹一格。幾乎沒有野生動物不知實力之差跑來襲擊地龍。不僅如此，地龍本身也具有敏銳察覺危險的習性。

只要不是為數眾多的魔獸群或盜賊團，地龍就不會被無端攻擊，而且數量多的話地龍也能事先察覺。這就是走商的商人和旅人會珍惜地龍的最大理由。

「請好好休息，昴。」

雷姆朝著車廂低語後，邊摸著靠過來的地龍邊要牠坐在地面。然後身子靠在地龍堅硬的肌膚上，蓋上毛毯接著警戒周圍。

清晨，剛拂曉就出發的話，明天早上應該就會抵達宅邸。

沒有達成目的就回去，因此必須甘於承受斥責。僅管如此，至少要盡力別讓昴受傷。

「而且，能讓昴恢復原狀的……」

只有愛蜜莉雅了吧。這件事，讓雷姆心煩難耐。

對雷姆來說，愛蜜莉雅這個人原本就是非常難接待的對象。

迎接愛蜜莉雅視其為客人的羅茲瓦爾，在愛蜜莉雅成為王選候補人選的現在，更是將她視為地位高於自己的存在。

羅茲瓦爾要求對待愛蜜莉雅的態度要甚過自己，讓雷姆不知所措。羅茲瓦爾至上主義者拉姆雖然不服氣，但雷姆在這方面的思慮沒有姊姊這麼強烈。當然，拉姆沒有笨到把這感情表現在臉上。

只不過，平常不太有感覺的共感覺，屢次傳來強烈的不滿。

雷姆對愛蜜莉雅的感情很複雜，不過與羅茲瓦爾無關。

之所以覺得複雜，原因十分老套，就是愛蜜莉雅的出身——半妖精。亦即，理由是因為她是半魔。

雷姆的腦袋裡解愛蜜莉雅本身沒有錯，但是感情方面無法全面接受。不是愛蜜莉雅的錯。可是，半魔在雷姆的人生裡，與給予不容輕視的巨大影響力的存在相連。

她就是會讓雷姆聯想到：毀滅故鄉的『魔女教』。

那件事，在雷姆的心中留下龐大的疙瘩。

結果，雷姆對愛蜜莉雅固守『客人與佣人』的立場。不帶情感，像機械一樣回應愛蜜莉雅的指示。愛蜜莉雅也感受到雷姆這樣的態度吧，因此沒有特別的事情就避免與她接觸。

不帶好意接觸，也不帶惡意接待，是雙方妥協的關係。

這種稀薄的關係隨著時間過去，原本以為不管王選結果如何都不會改變。反正在職務上，自己陪伴到王選最後的可能性很小。考量到自身被賦予的立場，擁戴愛蜜莉雅根本就是多餘之舉。

——然而現在，雷姆對愛蜜莉雅的感情卻跟以前完全不一樣了。

改變的是自己，還是愛蜜莉雅呢？一定是雙方皆有改變，而且契機相同。

是昴。由於他介入了每一天，因此大大地改變雷姆的世界。原本只有黑白的世界轉為色彩鮮明，感官世界改變後，連見到的景色也跟著改變。

宅邸的工作做起來感覺比以前更有價值。也不怕站在姊姊身邊了，接待羅茲瓦爾和碧翠絲的方式也多出了從容。連原本決定不去支持的愛蜜莉雅，說話的機會也都增加。也知道兩人有著相近的興趣。

然後，也知道自己淡淡愛慕的少年，眼中映著誰的身影。

所以對雷姆來說，愛蜜莉雅依舊是讓她十分心煩難耐的對象。

「沒法喜歡愛蜜莉雅大人，也沒法討厭她。雷姆太優柔寡斷了……」

平靜的夜晚世界。聽到的就只有微弱的蟲鳴，以及身旁的地龍的呼吸。只有月光可以仰賴、夢境與現實交錯的場所，思考自然地朝不著邊際靠攏。

時間的流逝很緩慢，抬頭看好幾次月亮的高度，都覺得沒有變化。

夜晚漫長。只有一個人的夜晚，就是無邊無際的深邃寒冷。

突然，有股衝動想要潛入身後保護的車廂裡頭。

唯有在連夢都看不到的深沈睡眠中，昴才會面露安適。鑽進裹著毛毯的他身旁，共享體溫的話會有多麼幸福呢。

「明明直到剛剛都那麼靠近地摸著他……奢侈也要有個限度。」

安慰在衝動下動搖的自己，但雷姆的心沒有放棄描繪夢想。

——乾脆捨棄一切吧。這個誘惑浮現心頭。

即使就這樣回宅邸，等待昴的也只有背離理想的殘酷現實。

現在的話，不管駕龍車上哪去，都只有自己的良心會苛責自己。

盤纏方面，羅茲瓦爾交給自己的款項頗大。帶著這筆錢就能隱瞞行蹤，和昴兩人隱姓埋名過生活。

昴的話只要花時間持續照顧，總有一天會脫離稚子狀態恢復自我，然後兩人就能共有不同於以往的時光。

被不知兩人私奔的人群包圍，和復原的昴一同開始新生活。沒有任何妨礙，和心上人共度安穩時光——

「呵呵，還真是白日夢啊……」

搖搖頭，額頭抵在抱著的膝蓋上，雷姆為自己的妄想苦笑。

不可能選擇這種蔑視一切的選項。光是想到都算罪惡。

自己沒辦法扔下姊姊拉姆離開宅邸。姊姊對雷姆而言是另一半。不僅如此，被留下的拉姆承受的負擔會超乎想像。

溺愛雷姆的姊姊會容許自己的任性吧。但正因如此，自己無法背叛姊姊。

羅茲瓦爾會將大筆金額寄託給雷姆，是因為相信自己的忠誠。要背叛這份信賴，以雷姆堪稱潔癖的個性來說做不出來。

「更重要的是……不能放著昴這樣不管。」

原本，雷姆就有自覺自己是個獨佔欲強烈的人。

可以的話，會想把重要的人全都置於自己手邊。為他人盡心盡力方能讓她切身感受到自己的存在價值，可以說她生來就有女僕特質。

因此，照顧現在的昴，她根本不引以為苦。

不如說，沒有自己就不行的昴，讓她感受到每一天都被滿足。

但是，那不是本來的昴。

『因為昴是特別的吧。』

離別之際，回應庫珥修問題的話語甦醒。

沒錯。那就是全部。

想起他的笑容。憶起他的聲音。回想起他說的話。

在一切都停滯的日子裡，在看破世間而沈溺的時間中，昴對雷姆說的話、伸出的手掌溫度，都還記得一清二楚。

誤入歧途、自暴自棄的雷姆，被昴所拯救。

被雷姆誤判而捨棄的孩子們，被昴救出。

全身中了魔獸的詛咒，自身也徘徊在奈何橋上，但昴卻從未捨棄雷姆或拉姆，以及其他人。

那就夠了。只要這樣，還需要什麼呢？

雷姆會用全副身心為昴鞠躬盡瘁，除此之外還需要什麼？

除了溫熱這胸膛的思慕以外，還需要什麼？

為了喚回真正的他，再度與他相逢，雷姆願意奉獻自己的所有。

為什麼呢？因為對雷姆來說，菜月・昴這個人不論何時都是——

「鬼上身的厲害人物。」

5

晨靄的潮濕空氣搖晃瀏海，雷姆緩緩抬頭。

意識該說是半清醒嗎？陶醉於睡眠與清醒的夾縫間，雷姆的身體時鐘在說差不多該出發了。

晚上，沒什麼醒目的變化，魔獸和盜賊連氣息都沒個影兒。

話雖如此，雷姆也不是不疲勞。在確信狀況比較安全後，就在半清醒的狀態下花費時間回復體力。

站起來，在清晨的涼風中用力伸懶腰。

散漫又粗俗的舉動。有別人在的話絕對不會這麼做，但現在沒有人所以不用擔心被看到。就算有，頂多就只有在旁邊發出鼻息的昴——

「昴、昴——!?」

嚇到跳起來的雷姆，發現裹著毛毯的昴就在隔壁。

靠著雷姆睡覺的少年失去支撐，於是倒在草原上，苦著臉扭動身軀。

雷姆連忙看看昴又看看背後的龍車。

「是、是在雷姆睡著的期間下了龍車，靠在身旁的嗎……？」

說出口後，事實讓雷姆極為狼狽。

對自己沒有察覺到昴的行動而感到一陣寒顫，可是相反的，自己的心容許昴這麼做，雖然太慢察覺但還是羞紅了臉。

這意味著，熟睡時就算被昴襲擊也無法抵抗。

「……太大意了。」

邊說充滿少女心的話，雷姆的內心邊認定昴這樣的行動算是好的徵兆。是乖乖搭乘龍車的延續性行為。

除了哭笑以外沒有任何反應的昴主動下車，這是在意志下執行的行動。壞掉的心靈開始修復，將再度構成昴的人格。雷姆懷抱這樣的希望。

「——好。回去吧，昴。」

既然產生變化，那接下來一定會朝好的方向發展。

這種想法不像自己，但這也是被眼前的少年感化的結果吧。

而且他內在的變化，對雷姆來說很惹人憐愛。

昨晚掠過腦海的想法，就當作是懦弱的心和疲憊的身體引發的惡夢吧。忘得一乾二淨，裝作什麼事都沒有，描繪明亮的未來吧。

抱起還在睡的昴，放在駕駛台上後叫醒地龍。為了慰勞清醒的地龍看守的辛勞，於是先讓牠喝過水才準備出發。

把昴抱到大腿上，拉起韁繩再度出發。車輪緩慢旋轉，景色開始移動。

路程已跑了將近一半。以時間來看，大概要七、八個小時吧。

跟只懷著悲壯感出發的昨日相比，現在精神體力都很充實。望著深深入眠的昴的側臉，雷姆把急躁的心情傳給韁繩，加快速度。

奔跑的龍車微微震動。重新抱好扭動身子的昴，雷姆輕輕地把自己的手重疊在他的手上交握。

「仔細看……果然是男生的手。」

因為放棄了牽著這隻手逃跑的軟弱想法，所以希望至少能多接觸一點。希望這樣微薄的願望能被允許。這也是為了忘記惡夢的微小儀式。

「這份溫度，還有貼靠過來的舉動……光這些對雷姆就很夠了。」

畢竟冀望更多，也太過自私。

感受到溫暖時的心情，以及刻畫被仰賴的事實，就能耗盡雷姆的所有。

──能讓雷姆耗盡自己的所有。

——氣氛不對。

駕馭龍車的雷姆發現這點，是在把睡得不舒服的昴的頭放在自己大腿上，原先撐著他的手伸進他的黑髮裡頭撫摸的時候。

或許是因為昨晚有時間慢慢思考。

心中的複雜感情，理解到某種程度的雷姆，內心某處浮現昴在深夜走下龍車主動靠在自己身上的樣子。

若這個是遲於發現這股異常的理由，那就真的是太愚昧了。

「太安靜了，不對勁……」

這次回程在魯法斯街道上，未曾和其他龍車交會過。雖說現在離開了主要幹道，但可以環顧到遠方的視野裡，完全看不到任何人車也太不自然。

前往王都的行商商人，手持農具的領民。本來在這條鄉間街道上應該可以散見這些人影，然而從昨天開始，街道簡直就像是無人使用般杳無人煙。

就連現在，沒有刻意避開村落卻連個人影都沒見著。更異常的，是稍早之前就連蟲鳴鳥叫都聽不見了。

不好的預感在雷姆腦內打轉。

這類的寂靜，是要野生生物主動潛藏氣息才能夠成立。

會產生這種狀況，就是超越人智的異變發生前的兆頭。

爬過山丘，進入山路。隨著與宅邸的距離縮短，不協調感也跟著增強。

雷姆的不安灌入手中的韁繩，催促已經死命奔跑的地龍再加快速度。

她知道自己在勉強地龍，但現在必須盡早確認這份不安的真面目。就算是杞人憂天也沒關係。硬是要昴和地龍配合這趟亂來的旅程真是過意不去，於是在內心朝他們謝罪。要是自己昨晚也能和他們面對同樣的煩惱就好了。

才剛這麼想。

「──姊姊？」

突然闖進又離開雷姆心中的，是不屬於她自己的情感糾紛。難以壓抑的不安、憤怒與激情流入，但又馬上撇下雷姆消失不見。

是拉姆。來自拉姆的共感覺流進雷姆心中。

平常表面泰然自若的拉姆，其實內心也相當豪邁大膽。

基本上心如止水的拉姆內心會產生漣漪，只限與主人或雷姆有關。

這樣的拉姆，竟然產生足以透過共感覺傳達給雷姆的『激情』，而且會馬上消失，是因為她立刻自制以免傳給雷姆。

若是在王都的話就趕不上了吧，但是在此時此地，雷姆察覺到姊姊陷入困境。即使拉姆不期望但自己還是幫得上忙，因此──

「得快點回去才行——！」

得到加快腳步的理由後，便緊握韁繩到手都泛白的地步。

被焦躁感催促，使得雷姆一瞬間忘記警戒方才察覺到的、四周的詭異感。

表面上面無表情，但內心要求自己努力冷靜下來的她，其實有著一拼命起來就看不見周遭的缺點。

被拉姆指責過好幾次，也被同事叮嚀過的缺點。

而這個缺點，這次也對雷姆張牙舞爪。

——雷姆在時間停滯的世界裡，看到地龍的頭在眼前飛出去。

第五章　『怠惰』

1

——奔馳的地龍，頭從脖子處飛出去。被拉的龍車順從失去意識並摔倒的巨軀，偏離道路撞地反彈，然後翻車。

朝旁翻倒的車體盛大地刮過地面，邊捲起煙塵邊發出轟然巨響。車廂破碎，倒地的地龍身體被車輪碾壓，現場在一瞬間就化為慘狀。

地點在山裡，周圍是被樹林環繞的恬靜森林地帶。龍車已經進入梅札斯領地，原本再跑個兩小時左右就能抵達目的地吧。

但是，龍車卻在途中被無情破壞，只有空轉的車輪聲響徹空虛的現場。化為屍體的地龍，面目全非的車廂殘骸，周圍開始飄盪血腥味。

「……嗚、嗚啊。」

從龍車上被拋出的少年，在這樣的現場裡發出呻吟倒在地上。

少年飛出半毀的龍車，墜落在遠離道路的茂林一角。長春藤和青苔從衝擊中保護了掉下來的他吧，少年奇蹟似地僅受輕傷。

儘管如此，在無防備狀態下受傷，不代表不會痛。

受了擦傷和幾處撞傷，所幸沒有骨折或大量出血的傷勢，但這些疼痛足夠讓沒有自我意志的稚子蹲伏在地了。

「啊！呼嗚……呃！噫……！」

黑髮少年倒在草上，痛到邊呻吟邊流淚。

和地面摩擦的額頭被血和泥土弄髒，眼淚和口水加快面貌難看的速度。伸長四肢趴在地上的醜態叫人看不下去，與毀壞的龍車相得益彰，訴說著意外的悲慘。

「────」

彷彿融入景色的佇立黑影集團，默默地看著這副光景。

像是包圍少年和龍車的黑影，數量足足超過十人。影子檢視沒有頭的地龍的屍體，確認其死亡後就將注意力集中在少年身上。

影子──黑色打扮的集團戴著帽兜，看不到臉甚至無法判斷性別。黑影搖曳，以像是滑行的動作縮小包圍少年的範圍。

「──La。」

然後，其中一個不出聲走路的影子喃喃唸著什麼。

一人說出口，下一個人就發同樣的音。這段期間嘀咕聲不間斷地連結起來，包圍少年的黑影像環場音效般輪唱。

風搖曳枝葉的聲響，以及黑影的呢喃──光這樣就完成一個世界。

「——啊嘎！啊啊！啊、啊啊！」

接著，聽到呢喃的少年，反應產生變化。

因身上的傷而感到疼痛的少年扭動身體，以仰躺的姿勢弓起背部，像上岸的魚一樣掙扎亂動。痛苦方式的質量，很明顯跟先前不同。

苦痛不是發自外側，而是像來自於身體內側，讓人痛苦喘息。簡直就像瘋狂肆虐體內的某種存在要吃光內臟似的痛苦法。

若有觀眾，就會發現那是對周圍黑影的呢喃產生的反應吧。

俯視難受的少年，影子不打算停止念咒。不過，彷彿從喘氣少年的樣子看出某種結論，其中一道影子朝他的身體伸出手。下一秒。

「——不准碰昴。」

發出吼叫飛過來的鐵球，擊碎想碰觸少年——昴的影子的頭部。

爆裂的頭蓋骨碎片朝周圍四射，鐵鍊伴隨著影子倒地的動作發出輕響。凶猛蜿蜒的銀色大蛇，為了索求更多獵物而舞向其他黑影。

但是，黑影集團下判斷的速度很快。

他們的意識立刻離開死去的同伴，為了避開鐵鍊的追擊而無聲散開。像反彈一樣移動的影子從懷中拔出的，是仿照十字架製成的短劍。雙手握緊低級趣味的工具，黑影們護著彼此的四方，警戒周圍。

黑影集團人數為十一。立刻擺開不帶死角的陣形回應奇襲，值得稱許。

但那要是偷襲者從平面的前後左右跟他們戰鬥才有用。

「——唏！」

黑影的上空，圍裙禮服腳踢樹木，裙擺飄動。

腳力大到足跡都在樹幹上留下痕跡，少女的身體斜向射出。以迅猛的速度往下跳躍的少女，動作比察覺到聲音的影子抬頭往上看的速度還要快一點。

往下揮的凶器握柄柄尾，從正上方穿透可憐的影子頭部。先是尖銳聲響，接著影子頭頂開了一個洞，噴灑血液搖晃倒地。

屍體被踹飛，堵塞旁邊黑影的視野後，少女往後飛。但是，對於同伴的屍體撞過來，黑影沒有半點猶豫，兩把刀畫出弧形，將屍體斬成兩段確保視野——緊接著，這個黑影的上半身被旋轉的鐵球砸中化為血霧。

把鐵球直線扔出的動作，使得少女的身體僵直不動。瞄準這機會，黑影集團一齊朝著腳步停止的少女投擲十字劍。面對來自四面八方的利刃，看似毫無防備的少女揮舞從懷中拔出的左手，用一個小型鐵球便將短劍全部擊落。

在少女驚人的技藝前，擲出劍的黑影們尋找空隙。雖然只停滯不到一秒，但在現在的少女面前卻成了致命的時間。

「喝啊啊啊啊！」

吼叫、裸露獠牙的少女咆哮。

拉回用力丟出、伸長到極限的鐵球鎖鍊，畫出半圓形橫掃森林。被捲入鐵塊的蹂躪中，又一個影子被扭斷四肢砸死。

奪人性命反而更加美麗的藍髮少女，額頭上伸出純白的角。

光這件事，就能得知這個外表偽裝成少女的怪物真面目。

「不會讓你們對昴出手的。」

楚楚可憐的『鬼』，可愛的容顏上沾染鮮血，被戰意濡濕、炯炯有神的雙眼睥睨黑影。但是她站的位置，固定在能夠保護剛剛被黑影包圍的昴。

雷姆以言語牽制，無視滴血的左肩，在頭頂旋轉鐵球。

肩傷是龍車翻車的時候，沒能完全閃過反彈的車廂碎片而受的傷。如果雷姆是一個人的話就能毫髮無傷地躲過吧，但抱著昴的她辦不到。

雷姆能做的就只有不顧己身，將昴扔至安全的場所。看出昴會墜入密林的雷姆，命運便和化為殘骸的龍車一體。

其結果就是額頭撕裂傷，以及木材深深刺入左肩。左腿鼠蹊部的骨頭似乎也裂開了，每動一下劇烈疼痛就會讓白色臉頰僵硬。

「魔女教徒——！」

邊瞪著黑影集團，邊用充滿憎恨的聲音這麼說。

面對雷姆像要吐血的叫喊，黑影們依舊沒有做出像人類的反應。

黑影依舊維持讓人懷疑是否有意識的姿態，和雷姆對峙。

這樣下去不會有結果——要先發制人。瞬間做出判斷的雷姆主動打破平衡。

「——喝啊！」

變更在頭上旋轉的鐵球軌道，讓鐵鍊的射程伸展到極限。

這一擊折斷行進路線上的樹木，邊噴出木片和土塊邊朝黑影飛過去。黑影不是跳躍閃避，就是壓低姿勢逃跑，瞄準產生的空隙逼近雷姆。

轉動整隻手臂的雷姆，為了扯回遠離手邊的鐵球而用縮起手臂的動作扭動身軀。可是，凶刃刺入胸膛的動作卻比鐵球回來的速度快——

「——呃啊！」

在劍尖即將碰到之前，影子的下顎被腳尖由下往上踢。

不能用踢飛這種簡單的形容法。而是如字面所述，下顎整個被刮走。

滿臉鮮血的影子，看起來不因痛楚而猶豫，依舊持刃直刺。絲毫不介意致命傷的舉動，已經有損生物應有的樣貌。

「————」

失去當生物資格的影子頭部，被雷姆拉回來的鐵球從正後方撞碎。

沐浴在血液與肉片中，雷姆同時用左手抓住回來的鐵球。她毫無窒礙地握住有刺鐵球，然後用左手鐵拳將迫近到旁邊的影子臉部打到破爛。

這樣就少了六人，刺客的數量從一開始的十二人減少到一半。肩膀上下起伏的雷姆邊喘氣邊朝剩下的敵人投以『鬼』之目光。

眼前飛來一支前端弄尖的岩槍。在即將命中前側首閃避。比較慢跟上的頭髮和側頭部被削掉，痛楚和衝擊造成眼界暈眩泛紅。

頭部受衝擊造成判斷力下降的雷姆，順從腳下突然一沈的感覺而跳起。才剛飛躍，遲來的思考就告知自己判斷失誤。

——在具有遠距離攻擊手段的敵人面前，逃到身體無法動彈的空中是很愚蠢的。

人為生成的火球焚燒大樹，朝著空中的雷姆衝過去。肌膚品嚐被高溫火烤的感覺，雷姆立刻將左手伸向前方。

「修瑪!!」

一層薄薄的水膜在雷姆的面前形成、展開，跟火球相撞的瞬間冒出白色蒸氣，被燒開的水蒸發時的聲響摳抓耳膜。但是，火球只是火勢被減弱，卻沒有完全消失。

判斷就在一瞬間。

用高舉過頭的左拳敲向火球，雷姆犧牲一隻手讓火焰爆裂開來。

「——嗚啊嗚！」

在空中承受火球爆炸，雷姆的身體旋轉著飛出去，背部劇烈撞上樹幹。墜落在長有許多粗大樹枝的樹上的她，為左手的悶痛呻吟後撐起身體。

燒爛的左手外觀慘不忍睹，從手肘到手指已經感覺不到疼痛。若不接受像菲莉絲那種技術高超的治癒術師的治療，左手肘這輩子就沒法動了吧。

都受了這麼重的傷，雷姆卻還是咬唇將意識拉回現實。

咬緊牙根壓抑呻吟，腹部用力積極應戰的話，昂揚的戰意就能讓自己忘卻痛楚。發出咆哮，主張自己的存在，稍微將黑影的注意力拉向自己。

祈禱昴的存在，能夠撇除在黑影的意識外。

但是。

「────」

無聲接近的黑影手掌，以驚人的衝擊力道敲擊雷姆身後的大樹，貫穿她的胴體。

威力大到內臟被擰碎、肋骨斷裂，雷姆的口中吐出大量鮮血。

吐血的灼熱感燒灼喉嚨，痛苦響遍全身，身體下滑。再度擊出的利掌原本可以敲爛頭蓋骨，但落下的身體偶然避開。身後的大樹被掌擊打穿後，在空中輕盈飛舞。

往前踏出一步就讓地面凹陷的徒手黑影，明顯的與其他影子不同。

朝旁邊飛出去避開追擊，倒地的雷姆吐出口中剩下的血，用視線探索掉落的鐵球。

「啊，嗚!?」

閃過擦過面部旁邊的岩槍的瞬間，搖晃的身體被來自後方的岩塊直擊。脊椎骨發出慘嚎，嬌小身軀撞向地面後彈開。

彈飛的路線盡頭，是等著雷姆的徒手黑影，手中握著雷姆放開的鐵球，朝著彈過來的她揮舞帶刺的凶器。

「——埃爾修瑪！」

蓄積在肺部的詠唱爆發出來，吐出的血液在瑪那干涉下結凍。純紅的冰刃切向拿著鐵球的黑影的手，斬斷粗壯的手臂。

「嘎嗚嚕嗚嗚嗚！」

敲擊地面控制姿勢，雷姆的右手搶回落地的鐵球握柄。於此同時用腳踢鐵球飛向影子背後，用盡渾身力氣拉緊繞住粗脖的鐵鍊。

鈍聲響起，影子的脖子連同頸骨被扭斷。看到被一百八十度扭轉的腦袋後，屠戮強敵的成果讓雷姆稍微放鬆。就在這瞬間。

「——呃!!」

原本應該失去力氣的影子，身體卻動了，還用威力猛烈的踢擊橫掃雷姆的身體。

直擊側腹的一踢令雷姆左邊肋骨全部受損，原本只是骨裂的左腿也因此完全斷折。使出這一擊後影子才真正殞命，但雷姆的受害甚大。

「嗚嗚、啊嗚……！」

呻吟，吐血，雷姆鞭策已經不能用的左半身站起。

敵方集團裡最有本事的傢伙應該被撂倒了。剩下五人。沒有追擊過來，代表裡頭沒人擅長近身戰。還行。還可以戰鬥。

——等他們靠近，就折斷所有人的脖子。

但是，只有右半身能動的狀態，殺得了他們嗎？

「講那什麼⋯⋯洩氣話⋯⋯！」

搖頭，扼殺懦弱，雷姆逼使消沈的自己奮起。

不是能不能殺，而是必須殺了他們。

左半身不能動就不管了。身體右邊還能動。要是右手廢了就用右腳踩爛他們，右腳也廢了就咬死他們。

殺光他們之後，昴還活著的話就是雷姆贏了。

「————」

意識到自己戰鬥的理由時，雷姆的內心渴求心愛少年的身影。

為了扼殺心中最後的躊躇，於是瞥向昴倒地的方向。至少，在最後將他的身影烙印在眼底，作為燃燒心靈的起爆劑。

但是。

「——昴!?」

不在。

原本在痛楚、痛苦、恐懼下喘氣的昴，不在任何地方。

雷姆焦急地掃視周圍。不會是被剛剛戰鬥的餘波牽連，飛到別處去了吧？可是不管怎麼找，就是找不到他的身影。

然後，雷姆終於察覺。

「少了⋯⋯一個人⋯⋯？」

黑影集團應該要剩下五人。但是瞪著雷姆的人如今只剩四個。

雙手提著十字架的影子擋在面前像要阻擋去路。他們開始移動試圖遮住雷姆的視野，好讓同伴能夠成功離開。

為了讓扛著昴逃走的同伴，盡量遠離她。

「你⋯⋯你們⋯⋯」

顫抖的嘴唇，吐出顫抖的聲音。

因大量出血而失去血色的雙唇，以溢出的血液為染料染成通紅。在這悽慘的戰鬥裝扮下，雷姆將可愛的臉龐化為鬼的容貌。

「奪走姊姊的角，奪走雷姆活著的理由，這樣還嫌不夠⋯⋯」

彎曲緊握鐵球的右手，屈起一隻腳累積爆發力。前方的影子們擺開架式伸出十字架，朝這邊衝過來。下一秒。

「連雷姆死在這裡的理由都要奪走嗎——!!」

雷姆的咆哮炸開，身體在彷彿蹬飛大地的踏步下往前飛出去。

飛衝的前方展開一道極大的火焰之牆。撞破，打爛站在對面的影子的臉，緊接著是幾乎埋沒視野的火球逼近而來。

「——喝!!」

吶喊轟隆作響，在朝陽灑落的森林中，橙色光輝連鎖閃耀後膨脹。

高溫怒號，燒毀樹林，在將一切化為焦土的熱量下，世界發出末路哀嚎。

——在烈火燎原中，被燒剩的白色圍裙碎片隨風飛舞，不消多時便消失。

2

被扛在黑影肩膀上的昴沒有抵抗，搖來晃去還流淌口水。

摔下龍車而受的傷，已經幾乎不覺得痛了。並不是沒有感覺，而是被其他痛楚給蓋過，讓他覺得外傷怎樣都無所謂了。

連發出哀嚎、吵鬧的力氣，都在內臟被掐捏的痛楚下消失殆盡。

在龍車翻倒的現場，黑影集團包圍昴開始唱誦咒語。

聽著呢喃的期間，從身體內側漲起的不明蠢動像是要啃破血肉，頭蓋骨裡頭轟然耳鳴，但這些都不足以表現在身上肆虐的騷動。

重複又重複，宛如詛咒的聲音。以及異於呢喃的女人聲音。甜蜜又溫柔，彷彿要抹去痛苦般，凌辱、使昴發狂的聲音。要是那個再持續一陣子的話，光想就打哆嗦。

那個痛楚會摧毀人心，扭曲人心，改變人心，讓人變得不再是人。就是這類的咒語。

「呼嘿，嘻嘻嘻，嘿嘻嘻嘻……」

像是突然想起似的，狂笑隨著從嘴角溢出的口水灑落。

黑色蠢動的反應遠離，意識從內側的苦痛開始轉移到外部。破碎的心靈自然忘卻直至方才的不快，眼角的痛楚開始要求啜泣。

「嗚，噫嗚……啊，嗚嗚……」

身體到處都在痛，昴尋求安慰自己的手掌、聲音和溫度。

但是，撥開森林、在獸徑上狂奔的黑影卻對這樣的昴不屑一顧。

黑影以強勁的腕力抓住動來動去的昴，細瘦的身軀靈敏得難以想像，宛如風一般在森林裡衝刺。

像被什麼引導，黑影的步伐毫無猶豫，踩過沒有標記的森林。就這樣跑了十多分鐘吧，速度逐漸放慢，不一會兒就完全停下腳步。

止步的黑影，正面聳立著岩壁，被苔蘚覆蓋的岩面十分醒目。高到要仰望的牆壁，並非沒有道具輔助就無法爬越的天然要塞。

是走錯路了嗎？可是，黑影即使面對岩壁也沒顯現不知所措，而是慢慢往前走，然後手掌貼在一部份的岩面上。

「────」

肌膚微微起雞皮疙瘩的感覺，跟近在身旁的人使用魔法時的感覺很接近。

簡直像魔法一樣，黑影碰觸岩牆後，面前一塊嵌入岩面的石塊消失。驚人的超自然現象。石塊消失後牆壁生出一個通道，裡頭似乎是一個洞窟。黑影重新扛好昴，鑽進那個洞穴裡。

洞窟內的空氣十分冰涼，又因為黑影的無聲步法，所以充滿了靜謐。有時，寂靜會因為昴的呻吟而破壞，但黑影似乎不以為意。前進了十幾公尺後，從入口照進來的光芒消失。恐怕是消失的石塊復活，再度藏住洞窟。

即使來自入口的光芒消失，還是可以看清洞窟內。因為狹窄的岩石通道上等距離嵌有白色礦石，逐一發光像是引導黑影前進。

順著這些光芒，被帶入洞窟的深處與黑暗中。

越是往深處走，昴體內的黑色蠢動又開始吵鬧。這次不是來回刮內臟，而是舔遍角落像在疼愛昴。

不消失的痛楚，以及以加速度增加的不快感。被扛著的昴身體顫抖，眼角流著淚水卻又持續傻笑。

不久，以為沒有盡頭的岩石迴廊也終於到了終點。

結晶石的光輝稍稍變強，跟通道相比視覺更清晰的場所，是即使在洞窟裡也算格外大的空間，可說是天然廣場。

昴就在那裡，遭遇了這個世界真正的『惡意』。

「哦呀～？」

——一名瘦骨嶙峋的男子。

在廣場裡被黑影包圍的男子，跟其他影子一樣身穿黑色法衣。

個頭比昴稍高，但身體卻瘦到像是只有骨頭和皮的死人。深綠色的頭髮也乾枯無生氣，給予觀者不衛生和弱不禁風的印象。

——如果沒有從正面看到那雙綻放瘋狂異彩的雙眸的話。

扛著昴的黑影，將毫無抵抗的昴固定在廣場牆壁上。手腳被繫上鐵鍊和鐐銬，被扔在堅硬地面上的昴一臉恍惚。

男子興致盎然地瞪大雙眼觀察昴。他的身體逐漸傾斜，歪斜的腰桿上方的脖子，也朝同個方向彎曲九十度，像爬蟲類一樣沒有溫度的視線毫不客氣地刺向昴。

「原來如此……這可真是，挺有意思的呢。」

像輕視似的眺望昴後，男子點頭表達理解。帶昴來的影子當場跪下，以恭敬的姿勢等待男子的下一句話。

一個人跪地，周圍的影子也跟著在男子面前屈膝。可是，那名男子卻對下跪的人群毫無反應，反而把右手指放進嘴巴裡一個人深思。就著像要直接咬指甲的爽快，用臼齒磨碎插入嘴巴裡的一根手指。

「你……該不會是『傲慢』吧？」

嘴角掛著血肉，絲毫不介意爛掉的手指在流血，男子發問。但是，被異於常軌的男子問話的昴，現在也不正常。

看著叫人想別過臉的自殘行為，昴發出傻笑。不正常的兩人視線交纏，彼此的瘋狂透過瞳孔，打算攪拌對方。

「呼嗯……看樣子得不到答案呢。」

抗衡，在男子撐起身體後爽快地瓦解。

男子沒有不悅，好像想到什麼而將手指拔出嘴巴，然後用被血弄濕的手觸摸自己額頭。

「啊啊，對喔。這麼說來，做了太失禮的事。我所做的，連打招呼都稱不上呢。」

講究起與場面不合的禮儀，男子露出不吉祥的微笑。

簡直像友好到視失去正常的昴的笑容為親密的證明。

「我是魔女教的大罪司教——」

緩慢又恭敬有禮地彎曲腰桿，男子講述頭銜，然後只抬起脖子朝前看。

接著，報上姓名。

「掌管『怠惰』的……貝特魯吉烏斯・羅曼尼康帝。」

用雙手手指指著昴的男子——貝特魯吉烏斯嘻皮笑臉地說。

他刺耳的大笑聲，像搔抓般、陰森地響徹寂靜的洞窟。

3

大笑聲被昏暗洞窟的冰冷牆壁反彈，造成回聲。

嘎哈哈笑的貝特魯吉烏斯似乎覺得有什麼很可笑，裸露血跡斑斑的牙齒表達愉悅。

面對這樣的笑聲，被笑的昴也拉扯臉頰發出乾笑聲。

鐵製鐐銬緊緊陷入肉裡，到手腳都變色的地步。血管被擠壓造成的麻痺傳播開來。似乎不是為了款待昴才帶他來的。

「啊啊，太滑稽了！這真是、真是真是真是真是真是太有趣了。其實、其實其實其實其實——！整個腦袋在顫抖……！」

露出凶笑的的貝特魯吉烏斯用右手滴著的鮮血，在岩壁上畫圖。沒有意義的圖案形成毛骨悚然的壁畫，彷彿象徵他的精神狀態。

無法直視現實、一味傻笑的昴，和瘋狂世界的居民貝特魯吉烏斯。
扭曲到現實感受損的兩人，其對峙被一名跪著的黑影介入而中斷。高個頭的影子正是帶昴來的人。那個影子朝貝特魯吉烏斯說了些什麼。
「──────」
小聲到像是蟲子振翅聲的低語，傳達給貝特魯吉烏斯。聽到之後他臉上的凶笑消失，停止詭異舉動，脖子彎曲九十度。
「這樣子啊……啊啊，那真是、真是叫人期待、腦袋打顫呀，嘿！」
說話的語調和表情對不起來。一臉認真但聲音卻雀躍無比的貝特魯吉烏斯，這次毫不猶豫地將完好的左手手指依序一個一個咬爛。骨頭裂開、肉被咬爛的聲音響起。
「好痛……好痛好痛好痛好痛好痛好痛好痛好痛好痛好痛──！啊啊，活著的充實感！」
揮舞手指爛掉的左手，揮灑血花後貝特魯吉烏斯仰首看天花板。
毫無感情看著他的影子又跪下，用竊竊私語傳達什麼給他。
「左無名指毀了！啊啊，多麼甘甜的試煉啊！我明明這麼勤奮地努力……今天為了表達愛是何物，世界也一樣無常！」
「──────」
「啊啊，這樣就好。左無名指剩下的骨頭分別和中指以及食指會合。手指還有還有還有還有九根。還有還有很多證明真誠的愛的機會。」

像是慰勞，他朝一名影子伸出手。把染血的左手放在跪著的影子的頭上。雖然看不透渾身戰慄的影子的內心，但看起來像是感激貝特魯吉烏斯的行為。

「就是這樣！試煉！試煉！這是試煉！一切都是我們為了回報寵愛的試煉！照耀吧！引導吧！啊啊，腦袋在顫抖——！」

貝特魯吉烏斯歡喜到口沫橫飛還狂笑，影子們鼓掌像是追隨。那是只有他們才了解、奇妙又可怕的聚會。

影子的報告細小到連在寂靜的洞窟中都聽不見。也因此貝特魯吉烏斯像在飾演獨角戲的滑稽裡，都蘊含了邪惡的演技。

「就算如此，他！啊啊，他呀！他，究竟，是什麼咧？」

彎曲腰桿壓低身子，身體更加扭曲的貝特魯吉烏斯把臉湊近昴。近距離的腥臭呼吸叫人作嘔，昴用沒感情的雙眼仰望他的狂態。

「確實、確實確實確實呀確實，不可思議，不穩定，無法理解……在這個局面，試煉即將到來，為何卻有你這個沒被福音記載的存在？」

「——————」

「龍車！啊啊，地龍很好呢！既可愛又忠心，更重要的是勤奮地順從，勤奮地工作，以種族來說勤奮努力的姿態太棒了！」

「——————」

「殺掉了！啊啊，那樣也不錯呢！為了把他拉出來，沒辦法！啊啊，你也還是很勤奮呢！很好！既然是我的雙手手指，那勤奮就比什麼都重要！啊啊，愛呀！生命呀！人呀！盡力勤奮吧！」

貝特魯吉烏斯身體朝後彎曲，興奮到快要碰到地面。面露恍惚的他，像拉緊的弓一樣以反作用力拉起身子。

「我的手指很勤奮！地龍那種勤奮生物被比下去了！啊啊，腦袋在顫抖。在顫抖在顫抖在顫抖顫抖顫抖顫抖抖抖抖抖抖！」

在常人無法理解的瘋狂下興奮，貝特魯吉烏斯開始流鼻血。

用舌頭舔去流到嘴巴的鼻血，貝特魯吉烏斯一臉陶醉地鬆弛臉頰。

「啊啊……死掉的地龍其實是『怠惰』呢。」

眼神飽含熱情這麼說，貝特魯吉烏斯像高潮般渾身發抖。

用法衣的袖子粗魯地擦去鼻血，貝特魯吉烏斯長長吐一口氣。方才的興奮樣貌蕩然無存，他改用沈著的態度和冷酷的聲音指著洞窟入口的方向，說：

「立刻清掃破壞龍車的現場。試煉之日即將到來，要避免暴露我們的存在。清除閒雜人士的作業應該已經結束，不用擔心會有目擊者……同車的人呢？有收拾掉嗎？」

「────」

「同車者有一名……藍髮少女。左無名指手指，代表破壞龍車一事。要抓他時發生戰鬥，無名指會敗走是因為那名少女……少女生死不明。」

聽了影子的報告後，貝特魯吉烏斯朝左右彎曲脖子，骨頭咔咔作響。

他就這樣陷入沈思，脖子像鐘擺一樣輪流朝左右搖擺、扭動、轉動、繞圈、搖晃，最後往前傾斜。

「生・死・不・明……是嗎。」

陰沈的嗓音低語，貝特魯吉烏斯抬起頭。虛無的瞳孔，看著影子。

「你，是『怠惰』嗎？」

圓睜雙眼後，貝特魯吉烏斯用雙手猛然抓住影子的臉。被破壞的雙手手指用血液污染影子頭部，但他毫不在意，吶喊道。

「在試煉之前，留下了，不安要素！這是怎樣！這是怎樣這是怎樣這是怎樣——！這是你對福音的真摯報答嗎！啊啊，怠惰！怠惰怠惰怠惰怠惰——！」

只有骨頭和皮膚的身體不知哪來這麼大的力氣，貝特魯吉烏斯輕輕搖晃抓住的頭，將他朝地面摔下去後跨在上頭。然後流著淚，仰望天花板。

「而且！我的手指的怠惰就是我的怠惰！啊啊，請原諒違背寵愛的我的身體的怠惰！此身全部，全心全意地勤奮為福音而活！為此而存在！請原諒無所作為浪費時間的愚蠢！」

貝特魯吉烏斯滂沱淚流，被扔在底下的影子也發出嗚咽。初次做出人類反應的影子，在貝特魯吉烏斯退開後，自己也向著天花板奉獻祈禱。

「是愛！是愛呀！必須回報愛！怠惰是不可原諒的！必須遵從福音！被給予愛，就要用去愛回報！」

「———」

「找出生死不明的少女！如果活著就了結她，如果死了就把頭割下來，帶到這裡！要．回．報．愛！」

尖著嗓子下達命令，黑影回應後，影子們像融化般消失在洞窟的黑暗裡。

然後氣息遠離，貝特魯吉烏斯發呆半晌，接著當場跪下喘氣。然後頭轉向昴的方向。

「好啦，好啦，好啦好啦好啦好啦好啦好啦好啦。」

跪著的他，就這樣跪行至蹲著的昴身邊。

「結果你，到底是什麼咧？」

「嗚嗚，啊嗚……」

「好像不是被福音書引導來的，可是身體散發濃密至極的寵愛。其實、其實其實其實——我很有興趣！」

臉貼過去的貝特魯吉烏斯，在貼近到眼球快要碰到的位置伸出舌頭。昴還是一樣看著不是這裡的某處。這樣的他讓貝特魯吉烏斯面露愉悅，拍手說。

「我除了『傲慢』以外都見過，可是像你這樣深受寵愛的人，我不覺得與福音無關。」

喃喃說完，貝特魯吉烏斯探手進自己的法衣裡——拿出一本書。

黑色的書皮，大小跟字典差不多，厚度也相近。乍看之下像是隨身攜帶愛看的書，但瘋子是不可能那樣的。

「啊啊……感受到福音，感受到愛了。腦袋，在顫、抖——……」

憐愛地用手指撫摸書皮，貝特魯吉烏斯用熱情的呼吸和視線照耀書本。

拿著沒有標題的書，他嚴肅地慢慢翻頁。

「福音書上，沒有記載你的事呢。當然，在這巨大試煉前產生的問題也是，今天發生的事全都沒有記載！所以說！也就是——！」

用力闔上書，貝特魯吉烏斯舉起書，口沫橫飛地說。

「你，根本就微不足道！連福音書都不屑記載的你，前途被交由我來決定！受到這麼深這麼深這麼深這——麼深的寵愛……卻如此矛盾的存在！」

手指戳向太陽穴，用挖的力氣推動指甲。皮膚裂開，血滲出來。即使目擊這樣的行為，昴依然沒有反應。

對貝特魯吉烏斯的自殘行為就只是傻笑，如字面意思看過就算。

「啊・啊・啊・啊・啊——……被無視，好寂寞耶！我這麼的、這麼的！我這麼好心接待你你卻你卻你卻你卻你卻你卻卻卻卻卻卻這樣！」

說完，他的手直接抓住昴的臉。固定住心不在這兒的人的臉，強迫他的雙眼對上自己。

連失去自我的昴，也對這樣的粗暴行徑皺起眉頭想要反抗。

「——看著，我的眼睛。」

穩重的聲音裡，有著不容分說的強大力道。

昴的身體一震，雖然還是發呆卻乖乖聽命看著貝特魯吉烏斯。散發瘋癲光彩的灰色瞳孔，捕獲昴的心。

「回答我。用心回答我。回答我的問題，我的渴求。你為什麼會在這種地方，為什麼會被給予如此多的寵愛？你沒有福音書嗎？既然如此，內心有被低聲細語過嗎？」

「嗚——，啊，嗚啊啊……」

「好像問不出個所以然呢。不然，改變問話順序好了。」

持續發問卻被冷淡回應，貝特魯吉烏斯把頭朝右傾斜九十度。在臉打橫的狀態下，由下往上瞪著昴。

「我要問囉。」

「——啊嗚——！」

貝特魯吉烏斯伸出舌頭，舔昴的左眼球。

眼球被舔的頂級不快感讓昴扭動身軀，拉動手銬的鎖鍊試圖與他拉開距離。

但是，也只到聽見下一句為止。

「——你，為什麼，要裝作瘋了呢？」

4

「啊——！啊啊啊啊！」

好噁心，好討厭，好可怕，原諒我，救救我。我好怕我好怕我好怕。

不懂被說了什麼。

眼睛被舔的不舒服，被盯著看的噁心感，發自內心拒絕肉眼看得見的瘋狂。在這些情緒下，原本顫抖的身軀突然不動。

呆呆地張開嘴巴，任由瞪大的眼珠被舔。

「你為什麼，要裝作瘋了呢？」

面對重複的灰色問話，決定要甩掉套住手腕的手銬。

鐵鍊伸長，沒法自由活動。目的落空，整個人橫倒在地面。

「嘎嗚！啊嗚啊啊！啊咿咿咿！」

「沒有沒有沒有沒有，其實我這是疑問唷。為何又為了什麼基於何種意義，要表演這種像是瘋了的演技呢？」

不可以聽。不可以聽進去。不可以知道。

搖頭，用力地擺動手銬腳鐐，將意識拉離這裡。將耳朵裡聽到的男子的話抹殺掉，絕對禁止察覺到自己聽到、知道。

「無意識，你沒法準備這個方便的逃避手段。你有意識，可以自己理解自己，卻還裝作發瘋。」

「啊啊！嘎嗚啊！咕嚕啊！」

「你的發瘋太過正常。耍那樣的小聰明，那麼老實溫順，就為了得到同情，為了乞求憐愛，這種瘋癲對瘋狂來說太過失禮。」

大吼大叫到喉嚨快裂開的地步，試圖打消男子說的話。

但是，男子彷彿嘲笑他的抵抗，瞄準間隔朝耳膜遞出聲音。

「丟人現眼的發瘋演技。如果真的瘋了的話，如果真真切切泡在瘋狂裡的話，是不會去意識到他人的眼睛的。整個世界就只有自己一個人，心靈被留在孤獨的荒野中，被強迫認知到發瘋的自己是偏離世道之人！」

「——叭啊！叭啊啊！叭啊啊啊啊！」

「啊啊，滑稽，太滑稽了！為什麼，你要裝成瘋子呢!?在真正偏離世道的人面前，那種面具馬上就被掀掉了！可笑到讓我停不下來！」

好難受。好噁心。胸口有什麼在膨脹、主張其存在。不對，它打從一開始就在那裡。自己只是將之封閉起來，裝作沒看見而已。

正因為有自覺到『那個』的存在，所以絕對不能把『那個』帶到外面。

「可悲！可憐！悲慘醜陋卑賤矮小又罪孽深重的你，讓我打從心底哀悼！明明被如此疼愛，你到底在拒絕什麼呢！不肯沈溺在被給予的疼愛裡，也不肯回報寵愛，你是期望在停滯中風化掉嗎！啊啊，這是多麼、多麼的——！」

灰色男子抓住昴的頭，粗暴地甩動後扔向牆壁。上半身順從力道撞上岩壁，火花四射，頭部流淌許多血。

在傷口的疼痛與屈辱下呻吟的姿態，令絲毫沒有客氣的男子開心大笑。

「啊啊，啊啊，啊啊，你……正是『怠惰』呢！」

啪唧！感覺腦內有什麼東西破裂。

什麼都聽不到。什麼都聽不見。一切都是狂人的戲言。他沒說中任何一件事，也沒碰到一樣真實。

什麼都不知道的話『那個』就不會改變。必須要這樣。應該要這樣。非得要這樣。不然的話，我——

「啊啊，到此為止。」

烏漆抹黑的東西充斥胸膛，現在也快要爆發出來。但就在爆發的前一刻，彷彿忘記剛剛的狂態、冷靜下來的男子，用一句低語就成功制止住。

蔓延的瘋狂世界失落，令人起雞皮疙瘩的危機感被折疊收納進男子裡頭。

「太過頭，沒錯，太過頭太過頭太過頭太過頭——，就算窮追猛打之後也只會傷腦筋。稍微，好好地，真摯地面向自己的寵愛，答案就會自己出來。」

「啊啊……嗚呃呼嗚……！」

這個男人，到底在說什麼。

從頭到尾，他說的話都是胡言亂語。無法理解。然而男子卻表現得像是理解昴。時而像溫柔牽起稚子之手的大人，時而像蠱惑迷路的人去走吊橋的惡魔。

無法理解的怪物。自己和這男人的距離，要是永遠不會縮短就好了。

在還沒跨過無法回頭的分水嶺之前。

「啊啊，但願……你不是怠惰，是勤奮。」

5

狂人朝著眼泛無法理解的昴，強按理解的話語。

仰望天花板的貝特魯吉烏斯，像祈禱一樣雙手合十喃喃自語。

只有這個舉動看起來充滿符合司教之名的氣質，實在很滑稽。

「——哦呀～？」

專注祈禱完的貝特魯吉烏斯，注意到什麼而回過頭。他的視線盡頭，是逐漸浮現在洞窟裡、原本消失到外頭的黑影。

彷彿從地面生出的影子，數量足足超過十個。影子們當場下跪仰視貝特魯吉烏斯，然後低頭等待指示。

「有什麼事？」

「——」

「什麼，你說少女過來了？啊啊，所以你就回來了嗎。很好！非常好！一定、一定一定一定一定要去接她。非得由我親自出去迎接！」

貝特魯吉烏斯面露喜色。他話中的意義沒有傳過來。

但是，昴像是被熱情沖昏了頭而張開嘴巴。從內側湧出的莫名其妙感覺，引導只會發出呻吟的嘴巴。但是，

「——」

嘴巴簡直就像被看不見的東西給堵住，發不出聲音。

跟被恐怖，和除此之外的感情堵住喉嚨的感覺不同。是被更明確、物理性的干涉堵住嘴巴的感覺。像是被看不見的手掌貼住嘴巴的閉塞感令昴瞪大雙眼。回頭看過來的貝特魯吉烏斯哈哈大笑。

「唉呀，用不著那麼焦急……還有時間。」

嘎哈哈哈，嘎哈哈哈，貝特魯吉烏斯的乾笑在洞窟中回響。

那聲響，敲擊耳朵的不快震動，令昴的嘴巴即使失去閉塞感依舊無法編織話語。彷彿被禁止發笑哭泣，只能沈默著等待變化。

——盼望的變化，在不到一個小時內就造訪。

黑影們還是一樣保持沈默跪著。這段期間沒人說話，就只有貝特魯吉烏斯來回踱步的腳步聲和昴的喘氣聲搖動廣場的空氣。

第一個抬頭的，是最靠近走廊的影子。

彷彿被那個人的動作帶動，狂信者接二連三抬起頭。察覺到影子們的動作，貝特魯吉烏斯也一同看向洞窟的入口，接著笑出來。

臉上的歡喜表情，讓人以為他的嘴角都裂開來了。

「好像，過來了呢。」

貝特魯吉烏斯用喜色彩繪的低語，被震耳欲聾聲給蓋過。

彷彿被質量驚人的炸彈威力給炸碎、破壞的聲響，劇烈撼動洞窟內的冰冷空氣。連續發出的聲響透過堅硬的地面也傳達給倒地的昴，在場的所有人都感覺得到入口被粗暴的敲門給砸爛。

影子緩緩站起，從懷中拿出十字架嚴正以待。

十幾人擠進來動來動去，縱使這裡是洞窟內的寬敞空間也都變窄了。他們在大約是學校教室的一半空間內散開，擺開架式準備應付來襲者。

要奔跑衝刺或做些什麼，這裡的空間都不夠寬。而這對人數居於劣勢的侵入者而言是絕佳條件。

「——找到了。」

怒吼的鐵球橫掃撲過來的黑影，在牆壁上生出幾道紅色印子。最初的一擊就殺了三道影子的鐵球，是徹底奪去接觸到的生命的武裝。

沒有迴避以外的選項，但在狹窄的洞窟裡卻很難辦到。

落地的鐵球砸碎岩面，沾染鮮血肉片的利刺發出沈響削刮地面。朝前邁步的少女一頭藍髮染成殷紅，閃耀生輝的雙眸環視廣場。那雙眼睛發現倒臥的少年後，嘴唇邊顫抖邊輕吸一口氣。

「太好了，昴……」

呼喚昴的名字，面露安心放鬆肩膀力道的鬼——雷姆。

她的樣子有夠悽慘，生動地表達何謂超越壯烈。

全身上下無一處沒有染上鮮血。藍色頭髮被染上鮮紅，圍裙已經被燒到不留痕跡。破掉裂開的裙子底下的雙腿刻了無數道撕裂傷，左手受了讓人不忍卒睹的無情燒傷。

渾身充斥血腥和死亡香氣，儘管如此雷姆還是堅強地對昴微笑。

「啊啊——美極了！」

然後，在雷姆這樣的淒猛樣貌前，貝特魯吉烏斯發出喝采。

他甚至忘記自己的部下在眼前被雷姆殺害的事實，不如說根本是要主動獻身做為材料，興奮地尖聲稱讚。

「少女！一名少女！受了這麼重的傷，卻還是繼續前進！為了什麼，為了這名少年！為了救出被寵愛的少年而做到這種地步的妳也是！被愛附身，為愛而活！」

「廢話太多了，魔女教徒……」

彷彿要阻礙似的，貝特魯吉烏斯站在昴和雷姆之間，高喊快哉到嘴角生沫。雷姆冷冷地凝視裸露這種狂態的他。

「你們是沒有經過梅札斯領的領主・羅茲瓦爾大人的許可就在領地從事非法行為的狂熱份子。雷姆要代替不在場的主人，降下懲罰。」

「就憑妳那慘不忍睹的模樣？做不到的事就別講得好像辦得到。原本，妳就只是要來帶回這名少年。好聽的表面話就免了吧。」

貝特魯吉烏斯蹲下來，抓住昴的頭，強迫他抬起臉。還高興地抓著頭髮，上下搖晃不情願的腦袋瓜。

「……個人。」

「什麼？」

「我說不准碰那個人!!」

貝特魯吉烏斯的輕率舉動，令雷姆在表情上塗上暴怒。

看到鬼掀棄冷漠的臉，貝特魯吉烏斯滿意地笑。

「對，就是那樣。赤裸裸的真心話，赤裸裸的心，赤裸裸的愛！愛！愛！就是愛！愛，引導妳到這裡！否定它，掩蓋它，偽裝成別有企圖，全都是對愛的背叛！侮辱！啊啊，是怠惰！」

「盡講些讓人聽不下去的胡言亂語……！」

「剛剛的吶喊很棒。那才是妳的真心。除去所有的多餘不純物質，妳單純是靠著思慕這名少年的心情來到這裡的！」

貝特魯吉烏斯朝著怒形於色、沈默不語的雷姆絮絮叨叨。眺望雷姆的瘋狂雙眸裡充滿慈愛的光輝，然後視線落到手邊的昴。

「就是因為那樣才可惜。像妳這樣的愛之信徒……為何會執著這種人呢？佯裝醜態、狂態、愚昧無知的懦弱……根本就是怠惰的化身！」

「你又懂昴的什麼了！少自以為是，魔女教徒！」

「憤怒的真心不是認同了嗎？這名少年，妳愛的矛頭……老早就喪失、結束自我了。」

「才沒有結束！有雷姆在。雷姆沒有忘記昴的話。雷姆會牽著昴的手，帶領他。只要有雷姆在，昴就不會結束！」

──和緊抓不放的安慰話不同，這一番話道出雷姆心中再堅強不過的事實。

雷姆大叫，貝特魯吉烏斯狂笑，靠著牆壁的昴緩緩抬起頭。

「────」

有什麼在昴的胸膛裡高聲大喊。不知道那個東西叫什麼。

在昴看著拒絕之海產生一絲變化時，受傷的雷姆縱身跳躍。

一直保持沈默的影子為了追擊飛起來的雷姆，也跟著跳上空中。兩道影子踢牆飛撲雷姆。融入黑暗的十字刃為了穿刺嬌小少女而逼近。

「不要來妨礙雷姆和昴──！」

能動的右手纏著鐵球的鍊條。用這隻鐵鍊小手彈開十字架，發出金屬碰撞聲。接著順勢用力挖掘被毆打的影子的臉。另一人即使劍刃被彈開依舊攻向雷姆，卻被遲來的旋轉鐵球溫柔地打爛後腦杓。

兩具屍體一同墜落，雷姆降落在廣場中央──狂信教徒們的正中央。

「──埃爾修瑪！」

在影子架著的刀刃從四面八方切割雷姆之前，雷姆吶喊到像要吐血。

詠唱完冷氣噴發，倒在雷姆腳下的屍體彈起。不對，是屍體溢出的鮮血結凍，紅色冰刃將銳利的尖端朝向周圍的影子。

順著飛撲過去的力道，黑影反過來被穿刺。胴體被貫穿後停止動作的影子，被雷姆的拳頭和鐵球毫不留情地打碎。

「太棒了。太棒了！妳真的是太棒了！然而為什麼！啊啊，為什麼！不接受愛！不認同愛！不講述愛！不說出來，就像抓雲朵一樣得不到救贖！然而，為什麼！」

「請不要說些膚淺的話！要救贖雷姆早就得到了！在那晚失去的東西，在那天早上以最美好的形式得到了！所以！」

排除掉狂人的聲音，雷姆的眼神筆直地貫穿昴。

「得到的所有，會用雷姆的一切加倍還回去。讓雷姆這麼做的心情，想要這麼做的心情，才不打算命名成你叫來叫去的膚淺名字！」

原本廣場裡的影子大約有十五名，將近一半已在雷姆的攻擊下喪命，憑剩下的人看起來沒法阻止揮舞威猛的雷姆。

雷姆的優勢毫無疑問。『鬼』這個種族的強大是貨真價實。

然而，為什麼？

「啊啊，啊啊，啊啊……」

貝特魯吉烏斯按著臉，邊看被暴虐擊沈的狂信者們，邊吐出熱情的呼吸。

他的樣子不是因悲嘆、恐懼、不安而動搖，而是來自於純粹的興奮。不安擴大到傳達出這點。

待在貝特魯吉烏斯身旁的昴，看著大肆胡鬧的雷姆戰鬥。

那光景的意義，她戰鬥的理由，慢慢地滲透進大腦裡。

不懂。不想懂。試圖不去理解。

可是還是有東西傳過來。都流血負傷還是持續戰鬥的她，讓胸腔內湧出一股衝動。

道出那股不安的話，或者是必須那樣做。

但是，那樣做的話就不能自己放逐自己。什麼是正確的，什麼是錯的，為什麼現在變成這樣，就必須去正面應對。

太過畏懼『那個』，太過優先疼愛自己，昴——

「腦袋，在顫抖。」

貝特魯吉烏斯邊說邊站起來。

搖晃黑色法衣衣擺，他從容不迫地往前邁進。

他的手和信徒不一樣，什麼也沒拿。不僅如此，慢慢張開的手搖來搖去，放鬆往前走的身影不帶任何戰意。

只用骨頭和皮構成的身體，看起來和強悍無緣的舉動。

注意到貝特魯吉烏斯前進，又打倒一名黑影的雷姆跳起來，反過來倒吊在天花板上，瞪著逼近的他。

剎那後，彈射出的雷姆使出的一擊會打碎貝特魯吉烏斯細瘦的身軀吧。

但是，然而，為什麼？

強烈的討厭預感卻這麼的擾亂心靈呢？

「給我離開——！」

昴身邊。她想這麼說吧。但雷姆後面的聲音卻沒傳到昴的耳裡。

只是，那聲響起了決定性的作用，震撼昴的心。

雷姆本身應該沒有那個意圖。

但是，少女再三的拼命叫喊，解開昴凝固的心。

「——嗚。」

嘶啞的聲音，從喉嚨深處稍微爬出。

那是不具意義的單字碎片，根本沒有帶出一厘米想傳達的心情。可是卻還是邊喘氣，邊抬起頭，將湧上來的感情放進簡短的話語。

「……雷姆。」

像悄悄話的微弱聲音。甚至不知道到底有沒有叫出那名字。

「——啊。」

再怎麼說，聲音都細微到快要消失。

彷彿被風吞噬的虛弱聲音，只有傳達給她吧。

抓著天花板，渾身浴血的少女表情寄宿了淡淡的柔和感情。

嘴唇微微開啟，瞳孔映照著昴，在歡喜下閃耀光芒。

「昴——」

雷姆的嘴唇清楚地呼喊從放逐自我回歸到現實之人的名字。

然後。

——全身在瞬間被撕開的雷姆，墜落到冰冷的地面。

「……啊？」

看到鮮血從落地的雷姆身上散開，昴愕然失聲。

趴在地面的身體，被破壞到體無完膚。

踏進洞窟時受的傷還比較可愛。現在四肢全朝不同方向扭曲，身體前後生出像被巨人的手指挖開的傷勢。

而且，以壓倒性的破壞，蹂躪雷姆身體的是……

「『怠惰』的權能——」

在喃喃自語的貝特魯吉烏斯的面前，雷姆那手腳被破壞的身體飄起。看起來不像是用魔法，但是也沒人去扛起來。

不管怎樣，雷姆的身體飄在半空中。簡直就像是底下有手把她舉起來。

「——不可視之手。」

轉過身，讓雷姆的身體飄在背後的貝特魯吉烏斯把雙手舉至臉前面。

雷姆的周圍、伸手可及的位置沒有任何人。當然也沒人去觸碰。真是異常的光景。

「手可伸至無法觸及之處，身軀不動卻能有所作為。怠惰之身盡力勤奮——啊啊，因吾身之『怠惰』，腦袋，在顫抖！」

呆呆地看著已經不會動的雷姆的末路，昴發不出聲音。

瞠目結舌到忘了呼吸，昴的世界再度喪失剛抓住的現實感。

意識因黑暗而暈眩，彷彿要墜進無止盡的洞穴——

「逃避，是不被允許的。」

想逃避現實，卻被粗魯抓住瀏海拎起頭的貝特魯吉烏斯阻止。

拉扯在痛楚與衝擊下皺著臉的昴，朝自己身後推出去。儘管手銬腳鐐的鐵鍊已經伸到極限，貝特魯吉烏斯卻還不滿足。

金屬枷鎖扯開肉、鮮血淋漓了都還不夠。他把昴的臉固定住，強迫他朝前面看。

「看啊，看吧，看個仔細。少女死了。為愛而死。按著傷口戰鬥，抵抗恐懼向前，卻沒能達成心願就結束。」

「嗚啊、啊……」

「看清楚。烙在心裡。牢牢記住，你的行為造成的後果。」

「——啊？」

雷姆漂浮的身體，飄向已經把鐵鍊拉到極限的昴的面前。不僅如此他還把昴踩到地面，雙手抓住頭強迫抬起。

血肉模糊的雷姆來到眼前，沐浴在狂人腥臭下的昴喘氣。

「你的行為造成的後果。你是什麼都不做的『怠惰』。因此少女才會死掉！是你，殺了她！」

「……是你。」

「用我的手臂！用我的手指！用我的身體！是你、是你、是你是你是你是你你你你你……殺的！」

像唱歌一樣喋喋不休的同時，貝特魯吉烏斯還用異能之力玩弄雷姆的身體。睡在空中的身體改變姿勢。雷姆的身體像提線人偶般垂下手腳。彎折扭曲的手腳，被迫配合狂人的情緒舞蹈。

「……住手。」

撲滋。有什麼被扯斷的聲音。

在昴的額頭深處，還有雷姆的身體肌肉因承受不住玩弄而斷裂。

「好痛好痛好難過好難過好痛苦好痛苦救我救我……啊啊，昴？」

難看的挑釁。低級的煽動方式。狂人用戲耍來蹂躪雷姆。

她的尊嚴，在眼前被輕而易舉且愉悅地侵犯。

這幅光景，這個醜惡到讓人想別過目光的光景。

「——貝特魯吉烏斯——!!」

原本畏懼去看現實的昴，飄散著足以取回自我的腐臭。

伸長脖子，想將近在眼前的咽喉咬斷。但卻被枷鎖妨礙，犬齒只差一點就到目標。身體向前倒，臉用力地撞向地面。

鼻子流血，門牙掉落。俯視昴的貝特魯吉烏斯幸福地大笑。

「啊啊，你終於叫我的名字了呢，真是感慨萬千呀！」

「殺了你，我要殺了你……殺殺殺，殺了你。我要殺了你。我要殺了你！殺了你、殺了你……去死，讓我殺了你，去死、去死、去死吧──！」

「為了活下去而憎恨別人，這種對他人的強烈情感，與愛是表裡一體！啊啊，扭曲得多麼美呀！我也是，手指也是，勤奮努力是有價值的。」

「殺了你，我要殺了你。你竟然，殺了雷姆。殺、殺、讓我殺了你。啊啊！我要殺了你！殺了你、殺了你！去死，你這混帳！混帳，啊啊！去死吧！」

口沫橫飛，散播詛咒，狂喊怨恨怒吼。

手被扯斷也沒關係。腳被扯斷也沒關係。

只求現在，在這裡脫離枷鎖，殺掉眼前的男人就好。好恨、好恨、恨得受不了。他應該死。他不應該活在世上。

這個男人，確實該在現在，這瞬間，當場死掉。

「這邊也被弄得髒兮兮的，差不多是道別的時候了。」

站在因激情而舞動全身的昴身旁，抹除狂笑的貝特魯吉烏斯突然這麼說。他招招手，聚集殘存的影子，然後指向崩塌的洞窟入口。

「放棄這裡。手指剩多少先不管，你們繼續執行左手的任務，和其他五指會合。——試煉的執行日，就按照預定。」

「去死！給我去死！去死、去死、去死——！」

快速作出指示後，貝特魯吉烏斯拍手。以此為信號，影子消失，融入洞窟的昏暗中。就這樣，生命的氣息一一離開洞窟。連剩下的貝特魯吉烏斯，都朝著入口的方向悠哉跨步要離開。

岩壁反射高亢的腳步聲，昴朝著遠去的背影狂吠。

「站住，混張東西！殺了你！我要殺了你！給我死在這裡！現在就死！快點去死！去死！去死！去死——!!」

「唉喲，都給忘了。」

殺意的叫喊也對這狂人造成影響，他的反應就跟被人輕鬆喚住沒什麼兩樣。轉過身的貝特魯吉烏斯朝著瞪自己的昴點頭，雙手在胸前交叉。

「你的立場呢，我真的不知道。因此，我決定將判斷交由你的心。」

狂人以幾乎要擰斷的力道傾斜脖子九十度，露出陰森的笑容。

「扔下手腳被綁的你在這兒，等著你的就只有死。但是……假如是福音帶你到這來的，那你應該會得救。」

「你去死！現在馬上去死！把你碎屍萬段！把你揍飛出去！把你打到粉身碎骨！」

「如果得救的話你就是我們的同志。不行的話就只是路人。很簡單易懂吧？」

簡直像在說妙計的貝特魯吉烏斯侃侃而談，這次真的就背過身走掉。腳步彷彿將昂的骯髒詛咒化做微風。他跨過血泊，就像跨過午後小雨初晴的水窪，不改態度裡的輕快。

其實貝特魯吉烏斯真的會對昂不屑一顧，就這樣離開吧。但是他沒這樣。因為沈重的水滴聲把他的意識拉向旁邊。

「──啊啊。」

看向聲音來源處，貝特魯吉烏斯看著倒塌的藍髮少女後縮下巴。忘記曾把她當人偶一樣玩弄，直到要離開了才注意到玩具的存在。

──是真的把她當人偶對待。

「妳也是愛的信徒。對啊，對呢。妳，非常努力。」

停下腳步的貝特魯吉烏斯喬正雷姆的屍體姿勢，然後用手畫一個十字。他的聲音稱讚、認同雷姆直到數分鐘前的行動。但是。

「妳為愛而死，拼了命地抵抗自己的宿命。可是，思慕沒有傳達就被破壞，愛失去了去處，願望沒能實現只能漂浮在虛空……」

稱讚突然一變，轉為感嘆雷姆的行為全是白費，狂人的臉頰因嘲笑而扭曲。

「啊啊，妳……是『怠惰』呢！」

用不可饒恕的形式，侮辱名為雷姆的少女的存在。

「──呃!!」

咆哮，吶喊，撼動整個洞窟內。

足以堵住喉嚨的怒氣，沒法化做言語的激情，可以流出血淚的遺憾，讓菜月・昴發出不成人聲的聲音。

聽到這，貝特魯吉烏斯像是沐浴在頂級稱讚中不住狂笑。

嘎哈哈哈，嘎哈哈哈。

「———」

腳步沒有停歇。

別說制止那道背影，連要他的性命都辦不到。

嘎哈哈哈。嘎哈哈哈。一直都聽得見這笑聲。

即使貝特魯吉烏斯不在了，縱使詛咒的話語傳不到他那，即便洞窟中的照明一齊暗下，縱然跟屍體被一同留在黑暗中，也沒消失。

嘎哈哈哈。嘎哈哈哈。

嘎哈哈哈。嘎哈哈哈。

——嘎哈哈哈。嘎哈哈哈。嘎哈哈哈嘎哈哈哈嘎哈哈哈。

6

「殺了你、殺了你、殺了你、殺了你、殺了你、殺了你、殺了你、殺了你。」

熬煮到要燒焦的憎恨和殺意，在昏天暗地的陰沈中越來越多。

喃喃無數次，吐出無數遍，忘記極限持續悶燒，也沒耗盡憎恨。

「──」

對某個人，對陌生人，對生物，從來不曾憎恨到這種地步。

來到這個世界之後，有過好幾次憎惡無形命運或其他的經驗。每次昴墜落到山谷底部，衝撞毫無慈悲的現實，做錯選擇的時候，都要以性命做為支付代價的無情世界──憎恨和詛咒的次數，用兩隻手的指頭都數不完。

但是，在以往的人生中，從來沒有恨某個人恨到這種地步。

「貝特魯吉烏斯……羅曼尼康帝……！」

每當說出那個名字、在眼皮底下回想他的樣子、耳膜反芻那個尖嗓、大腦意識到他的存在，瘋狂肆虐體內的憤怒之火就會讓全身血液沸騰。

──那個男的，到底是什麼？

底細一概不知。對昴來說知道的就只有他是異於常軌的狂人，言語不通、披著人皮的惡魔，卑鄙小人，罪大惡極之人。

傷害捨身欲救出昴的雷姆，還徹底凌辱她的性命和名譽、惡劣至極的男人，讓他活著不知道還會衍生多少受害者。

所以要殺了他。一定要殺了他。要親手殺了他，不能交給其他人。非得要用自己的手，殺了貝特魯吉烏斯不可。

不那樣的話，要怎麼替雷姆報仇呢。

「殺了你，殺了你，我一定……會親手，殺了你……」

肯定說出口的殺意，昴拼命扭動身軀拉扯鐐銬。

用力揮舞手腳，試圖掙脫枷鎖。儘管嘗試了無數次，但原本就卡得很緊，因此手腳只是又痛到受傷。

感覺到疼痛。激情沒能讓昴忘記疼痛。但是，每次痛楚刺激神經，就會想到雷姆嚐過的苦而咬緊牙根。

假如手腳被扯斷就能脫離束縛那也沒關係。只要能掙脫枷鎖，就算能動的只有一根手指、一顆牙齒，也要了結貝特魯吉烏斯的命。

——在貝特魯吉烏斯離開洞窟後，已經過了數個小時。

拉格麥特礦石失去效力，洞窟陷入一片黑暗。在天然的洞穴中，連一隻蟲都沒有是不是哪裡搞錯了，但在這裡的『生物』就只有昴。

「——哼！貝特魯吉烏斯——！」

在意識到黑暗和無聲之前，擠出憎恨男子的名字後，昴保住了自己的意志。

什麼都看不見的黑暗，除了自身存在以外毫無氣息的世界。急促的呼吸，心臟的跳動，枷鎖摩擦的鐵鍊聲，滴落的水滴聲——孤獨和孤立，急速弱化人心。

要是就這樣被扔在這裡，被扔在什麼都不會改變的這裡的話。

「哦哦哦啊！貝特魯吉烏斯！貝特魯吉烏斯——!!」

用想像來抗拒精神的均衡瓦解，昴委身於憎恨。

被隔絕至外界的孤獨，輕易地破壞、腐化人類的精神，將人類導向結束。

為了甩開被留下來的恐懼，為了背離這件事實而吼叫。

只要吼出憎恨，就能保持正常。

持續抱著幾近瘋狂的殺意，方能不發瘋。

為了不發瘋，昴需要憎恨。

——在那之後又過了多久，昴不知道。

「呼——呼——……咳，呼——……呼。」

意識空虛地飄盪在清醒和無意識的夾縫間。

疲勞、衰弱、磨損，一點一點地逼迫昴的精神和肉體。

持續挑戰枷鎖的肉體，被嚴厲使喚的手腳，也在超越極限後不接受大腦的指示。手腕和腳踝的肉被刮掉，連骨頭都被削掉。光是轉動身子就在劇痛下差點抽筋。

——殺了你、殺了你、殺了你、殺了你、殺了你。

儘管如此，從心底深處的源泉還是持續湧出殺意。

在身體和腦袋都不聽話的現在，唯有心靈支配現在的昴。

被扔下，被趕到孤獨世界過了幾十個鐘頭。肉體和精神都瀕臨極限，但昴不肯關閉意識。

大罪司教。『怠惰』的貝特魯吉烏斯。魔女教。手指。右手。左手。不可視之手。食指。無名指。小指。勤奮。怠惰。怠惰。怠惰——

羅列出來的關鍵字，是從貝特魯吉烏斯高聲叫喊的妄言中摘錄出來的。

那些單字不知具有什麼意義，浮現在垂死的腦袋裡。但昴為了稍微維繫意識，為了擦亮憎恨，持續回想貝特魯吉烏斯。

必須更鮮明、更明確、更清晰地想起那男人的臉。用回想心愛疼惜之人相同的向量去回想他的聲音、姿態、走路方式、說話方法。只有感情的行進方向不同。焚燒靈魂作為清醒的燃料這點沒有改變。

從旁來看，昴的精神已經到達瘋狂的次元。

精神耗損，心靈即將消失。

會是身體追不上意識的清醒，還是肉體先衰弱而死。

在終點已經決定的道路上，要選擇先到哪一個終點是自己唯一能掌握的選項。連維持意識，也只剩下這個意義。

假如持續垂死掙扎的昴，真的是孤零零地在這世界。

「──啊？」

呼吸微弱的昴，突然感受到黑暗中的不對勁而屏住氣息。

轉動連抬起頭都嫌麻煩的脖子，昴凝神細看不對勁的方向。當然，視野裡除了洞窟的黑暗沒有映照出任何東西。但是在那黑暗中，昴有感受到某種東西的氣息。

生於黑暗的氣息，慢慢地，真的是慢慢地，一點一點地，以爬行般的速度，卻又確實地朝昴的方向靠近。

「────」

在完全的黑暗中，氣息卻像是知道昴的位置而靠過來。

那樣的存在讓昴感到危機、焦躁和戰慄。

但是，與那些成對比的其他感覺，立刻掠過昴的腦海。

──說起來，這股氣息是從哪生出來的？

像是衣物摩擦的聲響，和微弱過頭的呼吸聲。距離相當近，只距離昴幾公尺左右。一想到這，昴一下子就注意到。

沒有經過入口，就突然在近距離產生的氣息──不對，假如是恢復呼吸。

「雷、雷姆……？」

考慮這聲音和氣息的可能性，呼喚最有可能的成因──少女的名字。

不可能是她。理性這麼告訴昂。

在洞窟的照明還在的時候，昂最後看到的雷姆悽慘到叫人不忍正視。如果要說恢復呼吸甦醒過來，那被她殺死的其他影子還比較有可能。

她不可能活著。死掉才是正常的。

然而，如果自己眼前的氣息是來自於活人，那昂有一半確信會是雷姆。如果是死人，那會來接自己的也只有她吧。

不管哪一種都是雷姆。既然如此，就沒理由認為這股氣息造成不安。

「雷姆，雷姆……？」

「───」

像是緊抓稻草的呼喚，只得到叫人悲傷的沈默。

即便這樣，氣息好像因昂的聲音而得到目的，感覺原本慢慢爬過來的速度稍稍增加。雖說那也是相當細微的變化。

慢慢地、慢慢地，有什麼在冰冷岩面上拖行的聲音。

撐起身體，拉動手銬腳鐐發出鐵鍊聲，昂也盡可能接近她。前進的距離沒多少，急躁和洩氣讓應該乾涸的眼淚再度奔流。

只有嗚咽忍住了，因為不想讓雷姆聽到。

只剩下爬行聲在黑暗中持續，逐漸縮短距離，然後───

「雷……」

爬近的氣息終於到達昴的身體。才在想有什麼擦過胳膊處，昴立刻抓住那隻手想要呼喚她的名字。

喉嚨凍住。

因為抓住的手感覺太輕、太冷，不像是活人。

「雷、雷姆……？」

跪著的昴，腳下趴著雷姆的屍體。她纖細的手正微微顫抖，卻失去血溫冷得像冰一樣。

死者的體溫。不在這人世的狀態。拖著應該已經告終的身體，雷姆更加用力抓住昴的身體。手，肩膀，胸膛，脖子，像確認一樣用雙手一一觸碰，彷彿要從正面抱住而覆蓋過來。

「────」

默默承受死者擁抱的昴，不知道發生什麼事。

在呼吸相碰觸的距離下，擁抱自己的身體毫無疑問是雷姆。可是，懷中的肉體確實是死了，簡直就像靠著生命的餘燼在行動，產生了非現實感。

但是，沒有不快感。就順從雷姆被她擁抱，然後也提心吊膽地回抱。回想起來雖然她很常靠著自己，但還不曾像這樣直接擁抱。

在性命即將終結的瞬間，雷姆在渴求自己吧。

既然如此，就這樣回應她的願望吧。

雷姆已經死亡，以及死心的昴的想法，或許會透過雙手傳達出去。

無言持續的冰冷擁抱，由雷姆主動結束。

「雷姆？」

抱著昴的身體失去力道，像坍塌一樣墜至大腿。昴連忙想撐起她的身體，但下一個動作卻無法如願。為什麼呢？

「──嗚嗚!?」

伸長的手被雷姆抓住，按在地面。

被往前拉倒的昴，在雷姆突如其來的舉動以及超越想像的大力下整個人愣住，因此對她接下來採取的行動比較慢反應。

有大量的液體從上方傾倒在被按在地面的雙手上。

又黏又帶有鐵鏽味的冰冷液體──昴會察覺到那是雷姆吐出的血，是因為早就已經聞習慣了。

沐浴在別人血液裡的不快感竄過昴的背脊。但是，接下來發生的變化在瞬間消除了那負面情感。

「──瑪。」

呢喃微微震動大氣，干涉瑪那並發揮效果。

「──呃啊！」

痛楚。手腕像被利刃挖開的劇烈痛楚襲擊昂。

讓人忍不住後仰的痛楚從手腕開始，一直線地穿過胳膊到肩膀。

不知道發生什麼事。先被吐血，然後是突然疼痛，雙手就這樣變得不能用了。該不會雷姆要殺了自己？就在這樣的戰慄出現後。

——先是有一道聲音。然後耐不住來自內側的壓迫，手銬像彈開一樣裂開。

「——哦。」

金屬碎裂，碎片落地的清脆聲響響徹洞窟內。

在急遽緩和的痛楚下吐出紊亂呼吸，擴展至整隻手的解放感，和彷彿覆蓋肌膚的燒傷痛楚。昂抓握自由的雙手手掌，確認動作。

然後，理解到。

「雷姆，你……」

雷姆用魔法凍結吐出的血，用壓力來破壞手銬。

當然，直接受到魔法影響的雙手也不可能平安無事。即使如此手腕還是可以旋轉，手指也遵從昂的意志。若不去管痛楚，就能像平常那樣活動。

也就是說，雷姆的計畫成功了。

「雷……？」

想要出聲感謝，卻察覺輕盈的身體撞擊自己的胸膛。

好輕。真的太輕了。失去大量的血，現在連最後的意識都是風中殘燭。

亦即，她真的要死了。

「雷姆……等等，雷姆。等一下……妳……」

不要丟下我。是想這麼說嗎？

會恨我嗎？還是想這麼問？

雖說兩邊都是真心話，但自己真正的感情叫昴絕望。

都到這種地步了，還膚淺地想保護自己這樣的弱小生物。

明明雷姆都『推翻死亡』來救自己了。

「——嗯。」

「雷姆？」

雷姆的嘴唇，死者的冰冷嘴唇，試圖製造出有意義的話。

連出聲的餘力都省起來，用不能動的身體和朦朧的意識凝聚魔力。使出最大力量後又還窮盡殊死之力來達成自身目的的少女，最後要留下什麼呢？

絕對不可以聽漏。昴將她的身子抱近自己。

把耳朵湊近顫抖的嘴唇，為了將每一字每一句刻入靈魂裡。

她留下的話，是——

「活…下去。」

「————」

「最……喜……歡你……」

死了。

剛剛，雷姆死了。

昴的懷中，輕盈的身體變重。即使變重還是太輕的身體，靈魂完全脫離的身體，那過輕的重量壓在昴的身上。

最後，雷姆斷斷續續地對昴說『要活下去』。

——慟哭，拉長尾音響遍黑暗的洞窟。

7

昴除掉剩下的腳鐐後離開洞窟，是在雷姆死後幾個小時。

手銬被卸下而自由的雙手，從附近的影子屍體奪取十字劍，然後用那個花了很長的時間來解開腳鐐。

「……好輕呢。」

旋轉肉被削掉的腳踝，每踏出一步就產生足以讓意識空白的劇烈痛楚。那種東西不要管它就沒問題。反正只要撐得住手中抱著的雷姆的屍骸就夠了。

把壞掉的十字劍扔向牆壁。承受衝擊、鑲在壁上的麥格拉特礦石發出白光，洞窟內洋溢光芒。邊品味眼皮被燒的感覺，昴邊在光芒中看著睽違一天多、懷中雷姆的臉。

淚水悄悄滑落。

——臂彎中的她處在多悽慘的狀態，自己都忘了。

「走吧，雷姆。」

靠著光芒穿過昏暗洞窟，走過狹窄走廊後前往出入口。進來時被岩石堵住的出入口，從洞窟內側看出去就像透明的一樣，可以直接穿越。

恐怕是以魔法來混淆視線的機關。比起海市蜃樓，更接近全像投影吧。但現在昴沒有力氣去確認，也沒有考察的理由。

迎接走到外面的昴的，不是拉格麥特礦石製造出來的光芒，而是真正的太陽生出的橘色日照。傾倒的夕陽光芒將世界烤成橘黃色。

慢慢沈入森林的彼方、山丘對面的落日即將埋入地平線，在完成一天的任務後將世界染成跟焚燒自己的火焰相同的顏色，做最後的招呼。

出迎的景色，只有背後的岩壁，和觸目所及的樹木，根本沒印象有看過。

即使稍微環視周圍，也沒看到林中道路或街道之類的道路。畢竟是偷偷潛入領地的集團，會藏身在遠離人煙的地方也是預料之中。

「不過，也只能走了……」

目的地沒有變。梅札斯領地，羅茲瓦爾的宅邸。

意識處在含糊深淵的時候，雷姆原本要帶著昴回宅邸。

挖掘被龍車搖晃、在雷姆的大腿上享受安寧的記憶。

想到雷姆，感謝和歉意就勒緊心頭到生疼。

想起貝特魯吉烏斯，憎惡和怨恨就碾壓身體到要破裂。

憤怒，悲傷，憎惡，親密，支撐著昴，讓昴活著。

歸途的路不確定，也沒有可以引導的東西。

即使如此昴的意識還是抵抗，雙腳往前踏出，尋找不知在哪的目的地。

——或許奇蹟發生在現在的昴身上。

不假借任何人之手，不仰賴其他東西，昴抵達了目的地。

如果飢渴的心一心只想實現願望，那就毫無疑問該被稱為奇蹟吧。

來到這世界之後，世界頭一次賜予昴奇蹟。

如果有掌管命運的神，那祂終於朝昴微笑了。

而且，昴知道。

「——哈。」

如果有掌管命運的神，那祂的笑法也會跟貝特魯吉烏斯一樣。

——曾經見過的東西，和完全相同的地獄蹂躪村莊。

燒毀的民宅，渾身是血的村民。抵抗落空而被奪去性命的亡骸，被粗魯地集中在村莊中央後構築出屍體山。

看看右邊，看看左邊。悶燒的火舌和瀰漫的屍臭。根本沒法期待有生還者。

看過村人的屍體，昴注意到跟前一次的世界，有不同之處。

「佩特拉。米爾德。榴卡。梅伊納。凱因。岱因……」

孩子們的悽慘屍體，也成為這屍山血河的一部份。

「——————」

抱著雷姆的昴，雙腿失去力氣。

當場跪地，用力抱緊懷裡冰冷的身體，發出哽咽。

我到底在做什麼。

為什麼知道會發生這種事，卻還置之不理呢？

在走過獸徑，發現村莊那兒冒起白煙之前，昴的大腦完全忘記這幅擊碎心靈的地獄風景。

不對，是撇開目光不看。裝作悲嘆雷姆的死，用對貝特魯吉烏斯的憎恨做藉口，昴拒絕想起這個地獄。

菜月・昴又再度愛惜自己，試圖逃出現實。

其結果就是眼前這光景。

孩子們會死在這裡，是因為上一次會保護孩子們的雷姆沒有到達村莊。大人們沒法讓小孩逃跑，眼睜睜地看著幼兒被殺害，在苦痛的最後被奪去性命。

沒有任何救贖。只有絕望和怨恨，這就是昴對這慘劇視而不見的來龍去脈。

應該唾棄的現實，逐漸侵蝕昴的心。

現在，懂了。全都懂了。

——貝特魯吉烏斯。

殺害村民，殺死孩童，殺了雷姆的都是那男的。

不只一次，連第二次，那傢伙，那個狂人，都做出天理不容的事。

「——哈。」

計畫決定了。非做不可的事也已知道了。

「貝特魯吉烏斯……」

一定要殺了貝特魯吉烏斯。殺了他，殺了他，殺透他，燒到他連一個細胞都不剩，一定要要抹消他的存在。

不那樣的話，就無法回報這些死亡。

思考被染成憎恨的顏色，視野全都變成鮮紅。

昴知道不足的血液幾乎上到頭頂，從鼻子溢出。

粗魯地拭去鼻血，重新抱好雷姆以免弄髒她，然後站起來。膝蓋震動，腳踝發抖，能夠站立甚至走路都已經很不可思議。

「殺了他，殺了他，殺了他，殺了他，殺了那傢伙……」

可是，只要能行走，只要能前進，就要咬碎他的咽喉。

拉回被殺意塗滿的堅硬意識，昴朝宅邸走去。

看過村中地獄了，下一個是宅邸。宅邸裡有什麼在等著自己呢？在死前，在一切重來之前，發生什麼事，記憶龜裂不清晰。

記得抵達宅邸，看到決定性的什麼後，內心破碎殆盡。那是什麼？拼命地想想起來，就算腦神經燒毀也要想起來。

因為看到雷姆死去的過程。

然後，根據經驗法則，這次已經完結了。

「噗哈。」

笑聲自然衝出口。

只是順序亂了，發生的事完全沒變。無所事事到如斯地步，結果只是虛度重來的時間。

不管發生什麼樣的事，透過死亡，昴應該要得到些什麼才對。

但是，卻把自己封閉在牢籠裡，沒能拯救一個人，再度遭遇地獄的自己到底獲得了什麼。浪費掉『死後回歸』的自己有何價值可言。

「────」

不知不覺間，開始不知道殺意是朝向誰了。

貝特魯吉烏斯。只有這個名字在支撐昴。這樣應該就好。想殺的應該是那傢伙。只要殺了那傢伙，殺了他，要殺他。

殺了那傢伙後，『────』也死掉就好了。

『────』是什麼？也殺掉就好嗎？啊啊，死了就好了。

思考開始混入雜音，昴的意識重複閃爍。

在正常與瘋狂的夾縫間再度交鋒，昴用充血的瞳孔往前看。

不管那是什麼，現在先決目標是前往宅邸，像平常一樣選擇保留眼前問題的選項。然後……

『────!!』

剛爬完坡的瞬間，昴看到羅茲瓦爾宅邸崩壞。

劇烈聲響，和煙塵瀰漫。屋頂崩毀，陽台瓦解。

窗戶玻璃齊聲碎裂散落閃耀的碎片，龜裂的白色牆壁發出像少女哀嚎的聲音後被扯裂。

才剛抵達門口的昴，呆若木雞地仰望這壓倒性的破壞。

彷彿使用炸彈進行拆解工程，宅邸在轉眼間就失去輪廓。

看習慣的建築物失去形狀，細心整理的庭園被殘骸埋住，原本是宅邸的痕跡整個消失殆盡。

「怎、怎麼……」

搜尋記憶，可是卻沒有這樣的印象。發生記憶中沒有過的事情嗎？還是說死亡之際的衝擊太過鮮明強烈，所以忘記曾被捲進破壞中而死呢？

在困惑中軟腿的昴，大腦掠過瘦骨嶙峋男子的狂笑聲。

既然村子的殺戮是那狂人所為，那他行兇的矛頭也會對準宅邸吧。這樣的話，眼前的破壞又是貝特魯吉烏斯搞的鬼囉。

「到底是做了什麼才會……」

在超越理解的光景中，依舊抱著雷姆的昴吐出白色呼吸。

因為膽小而更強烈渴求懷中的觸感，但屍骸的冰冷透過手掌朝胸口流進更多的悲傷。身體顫抖，冷卻的肺部疼痛，昴忍不住咳嗽。

遲來又趕不及後，昴終於察覺。

——自己急促吐出的氣，看起來是一團白霧。

「——!?」

察覺到時，刺骨的疼痛席捲全身。

吐出的氣是白色，吸進空氣時像吸收風雪一樣讓內臟結凍。從內側開始殺害身體的感覺，令昴的本能用力敲響性命警報。

不知道…發生…什麼…事了。

全身的體溫被奪，連站立都有困難，只能崩落。

當場就要跪地，在身體朝前倒向地面前，抱著雷姆往旁邊倒下。那是最後的抵抗。倒下的身體連內部都結凍，手腳變得連顫抖都沒辦法。

想法到不了手腳，意識開始背離肉體。昴記得這感覺。那是已經經驗過許多次也還是不習慣的寂寥感以及無力感。

想稍微反抗逼近的終焉，昴命令腦神經朝全身下達指示。有沒有哪裡還能動，一部份能動也行。好不容易才找到，閉著的右眼皮底下的眼球還活著。

用全身的力氣推動右眼皮，還有氣的眼球仰望瓦解的宅邸方位。位置被固定住，眼球恐怕是連動都不能動了。冒著的白煙前方，有什麼東西。

「……啊。」

——那是站在崩塌宅邸殘骸上的一頭野獸。

全身覆蓋灰色體毛，瞳孔閃耀金色光輝的神聖之獸。

四肢著地，搖擺長尾巴的姿態悠然自得，過於神秘。

然後更重要的，是那野獸具有強健到會錯看成宅邸的軀體。

「————」

從遠處看那姿態，昴領悟到豪宅垮掉的原因。

因為那頭野獸，突然從宅邸裡頭出現。從內側出現那麼巨大的身軀，想當然爾屋子根本不可能承受那股壓力。

『————』

擺動身軀，睥睨周圍的灰色野獸，面容近似貓科猛獸。

有利牙探頭的口腔，隨意吐出像白色風雪的氣息。巨獸用把世界化為純白的雪妝，將活著的一切全都塗抹成結冰地獄。

那是什麼？

這麼想的期間視野逐漸變白濁，現在才注意到呼吸早已停止。

凍人的冰寒也在不知不覺間感受不到。不僅如此，還感覺很溫暖。

想將所有全交給那溫暖。誘惑閃閃發光，要烤焦身體的憎恨，撕裂靈魂的悲哀，全都忘得一乾二淨。

忘記吧，忘記吧，意識前往忘卻的彼方。前往凍人的溫暖彼方。

『睡吧——隨我女兒一起。』

在墜入睡眠之前，好像聽到誰在講話。

低沈、凶猛的聲音。可是聽起來又渺茫悲傷。

不知道。不知道。在一切都無所謂的靜謐中。

菜月・昴融化。融化，融化，融化，消失。

8

——清醒時，意識位在深沈黑暗中。

在昏沈蔓延的永遠黑暗中，意識尋求變化而泅游視線。

無邊無際的漆黑彷彿延伸到世界盡頭，亦或者世界是在伸手可及的範圍內完結。這兒孕育的閉塞感就是會讓人這麼想。

這裡是哪裡？為什麼我會在這種地方？

儘管冒出這樣的疑問，但那根本就是很奇怪的問題。

會這樣思考的自己究竟是什麼人？明明連這都不知道。

只有意識空虛地飄盪，想法傳不到支撐意識的血肉容器。

站著。腳站在地面。可是，覺得是腳的地方和覆盡視野的黑暗同化，連踏腳處都變得不確定是否存在。

——突然，只有黑暗的世界產生變化。

彷彿陰影扭曲般開始被壓扁，什麼都沒有的空間產生龜裂。無聲的空間斷裂開來，撕裂永保黑暗的世界，在『無』之中又跟別的『無』相聯繫。

剎那的異常後，龜裂變寬，裡頭出現一道人影。

『——』

是女性的身影。

認知到那個是『那個』的瞬間，無法用言語形容的感情支配大半意識。

被爆發性膨脹的激情催逼，想要奔向那影子，抱住纖細的身體，嘴唇貼住脖頸，主張自己是自己。

然而，奔跑的雙腿，擁抱的雙手，親吻的嘴唇，甚至連想證明的自己，都不存在。

就算想要遺憾流淚，也不知道表露感情的方法。

不知道。不知道。什麼都不知道。

但是，影子彷彿理解這些感情，緩緩地伸出雙手，主動縮短沒有縮短的距離。

那雙手慢慢地靠近到可以確實互相擁抱的距離。

至福感從碰觸的手指溢出，細胞一片歡騰，充斥至意識的各個角落。

然後，

『——我愛你。』

9

意識順著時間回溯，回到肉體的瞬間昴誇張地跌倒。

「嗚喔喔!?怎、怎麼了，小哥!?」

看到昴毫無前兆就在路上栽跟頭，站在櫃臺裡面的卡德蒙連忙探出身子。

連倒地起身都沒做就跌跤，製造出無意義傷口的昴皺著臉，說：

「沒事……只是腳滑了一下。」

「與其說腳滑，摔的力道像是突然少了一條腿似的。你站立還是走路的方式沒問題吧？常識以外的部分要是也沒了的話，我可不奉陪喔。」

「常識以外是啥啦？聽起來像我是個沒常識的無賴似的。」

「流氓樣的地方還是沒變嘛。就算成了穿得人模人樣的常客也一樣，反而變成難應付的麻煩對象咧。」

卡德蒙越講越過份。昴咂嘴表達不服氣。

突然，感覺袖子被拉扯而回過頭。

忍不住屏息。

「昴，你沒事吧？」

邊說邊把手掌貼在昴的擦傷上的少女，就在眼前。

她開始用魔法治療昴的傷，然後對盯著自己的昴歪頭表示不解。漂亮的藍髮在肩膀上搖晃。看到這樣子，激情在昴的胸口來來去去。

在腦海縈繞的記憶，記憶，記憶的濁流。重返的意識被塗滿，品嚐被沖走的感覺，於此同時昴瞪大眼睛凝視。

要說什麼才好？想要說什麼？張著嘴巴，卻不知道。

「────」

馬上就想呼喚名字，但乾渴的舌頭卻立刻失敗。

意識空轉，快要壓爛胸膛的感情逐漸鼓漲。

焦急地咬舌頭，昴用顫抖的嘴唇呼喚少女的名字。

「雷、姆……」

只在口中形成的聲音，不完全的呼喚有沒有傳出去都過於曖昧不明。

她有聽到嗎？昴不安到馬上吸氣，想要再次呼喚那名字。

「──是，雷姆在這。」

然而，得到了回應。

在重新呼喚之前，少女──雷姆微笑後回應昴拙劣的呼喚。

雷姆，確實回應了昴的呼喚。

「雷姆。」

「昴？」

「雷姆，雷姆。……雷姆。」

被叫了好幾次名字的雷姆，困惑地皺起眉頭。

她覺得很可疑奇怪吧。明知如此，溢出的東西卻停不下來。

呼喚名字，眼前的雷姆就回應。光這樣就叫人開心。

光這樣，還有她活生生站在眼前，就叫人幸福。

自己悽慘死去還這麼開心，是頭一次。

「怎麼了？簡直就像遇到死人的表情。用不著擔心，雷姆就在這。是昴的雷姆唷。」

雷姆難得用開玩笑的口吻這麼說，然後微笑。

現在的昴，憔悴到讓她看得痛心疾首，所以才開玩笑吧。然而，雷姆說的『像遇到死人』的這種話，讓昴根本笑不出來。

真的，完全、一點都不好笑。

「雷姆，我……我……」

「好奇怪。比起面帶陰沈，笑起來比較像昴。所以說，可以笑一個嗎？」

雷姆難過地垂下眼簾，這段期間昴的傷完美地痊癒了。

「結束了。」確認後雷姆這麼說，摸著的手指準備離開。

「昴？」

抓住要離開的手指，昴不讓溫度逃離。

強硬的舉動讓雷姆面露驚愕，但她馬上察覺昴的表情浮現濃烈的沈痛感。

「真的，你怎麼了？昴主動……這麼做雷姆是很開心，但是太突然所以被嚇到了。」

「好細。好小。……好溫暖。」

確認整個收納在手中、雷姆小小的手指。

柔軟又溫暖，生命的證明。和失去血氣與生命的堅硬觸感不同。

活著。她活著。她活得好好的。

理所當然的事，卻撫慰了昴變成稀巴爛的心。

「雷姆有點在意，所以不想被人說小小的。不過被昴說就沒關係。還有溫暖是當然的，因為還活著呀。」

這一句話，讓昴猛然抬頭看雷姆。

兩人的視線正面交纏，雷姆的淺藍色瞳孔裡寄宿著慈愛。

「你不安嗎？不過，雷姆在這裡。雷姆會拼命幫助昴的。所以說，別擔心唷。」

——不是。不是的。

是昴讓雷姆送死。昴害死雷姆，而且還兩次，殘忍又無情。

第一次，昴可能還能說跟自己無關。但第二次不一樣。第二次毫無辯駁的餘地，雷姆就是因為昴而死。

為了保護昴，為了救昴，為了昴用盡性命，甚至還絞盡用盡的性命，再次為昴而死。
眼前的雷姆不知道這些。
只有昴知道。
「──────」
回過神來，昴緊握雷姆的小手，低著頭不讓她看見臉。
昴這樣的態度，令雷姆不安地到手指顫抖，以為自己做了什麼讓昴傷腦筋的事。
可是，那也只有一下子。
「沒事。沒事。沒事的。」
透過手指，雷姆察覺到昴在害怕。
所以溫柔地、像哄小孩一樣，用空著的手輕拍昴的背。
像是撫慰，像是疼惜，直到昴抬起頭。
她都一直溫柔地、憐愛地輕拍昴的背。

10

「在你們熱情如火的時候很抱歉，但你們在這親熱會妨礙我做生意。」
眺望在店頭的這一幕，卡德蒙邊說邊驅趕兩人。

「我們在不在根本沒關係吧，是你的生意本來就做不成啦！」如果是平常的昴，肯定會說這種惹人火大的話，但現在的昴順從拉著手的雷姆，迅速離開現場。

假如卡德蒙真的覺得妨礙生意的話，哪還會拖了十五分鐘才趕人。等到昴冷靜下來才發揮商業意識，是他與生俱來的善良。

不過，現在的昴沒有餘裕去察覺他那樣的關懷。

現在支配昴心中的感情就只有一個。

——殺了他。殺了他。殺了他。殺了他。殺了他。殺了他。殺了他。殺了他。殺了他。殺了他。殺了他。

經由『死亡回歸』，即使世界重來也沒消失的憎恨。就只有這個。

貝特魯吉烏斯・羅曼尼康帝。

那是昴這次的命運之敵的名字。

犯下絕對不能原諒的大罪，虐殺雷姆和村民的惡劣狂人。

殺了那個男人，正是昴需以『死亡回歸』之力達成的使命。

「……昴，可以問一下嗎？」

拉著手，把昴帶離店面的雷姆停下腳步。

與內心黑暗的感情玩耍的昴，朝著轉身的雷姆輕鬆地聳肩道：「怎麼了？」她直瞅著昴看，輕輕抽動可愛的鼻子。

「沒有……可能是雷姆搞錯了。只不過，昴身上，那個……不太好的氣味變強了。」

「不太好的氣味嗎。」

被她這麼一說，昴把手腕湊到鼻子前面，但還是聞不到她說的『不太好的氣味』。

雷姆說的，一定是昴身上散發的『魔女』香氣。回想起來，貝特魯吉烏斯也針對昴的體質講了莫名其妙的長篇大論。

「果然我的『死亡回歸』，跟魔女有關嗎……？」

每次想要公開『死亡回歸』的能力，包圍昴的魔女氣息就會變強。

在魔獸森林時曾反過來利用這點，但之後很忙也就放著不管，沒有深入探討。

下意識地迴避做出結論，這種逃避說不定也是魔女之力的一部份。

就這樣，雷姆用擔心的眼神看著深思的昴。

讓雷姆困擾並非昴的本意。於是決定把思考往後延。

「別露出那麼奇怪的表情嘛，雷姆。糟蹋妳那張可愛的臉蛋囉，前景還會跟著變黯淡呢。」

「對不起。因為雷姆太愛操心，說什麼也……」

看雷姆欲言又止，昴思考要說什麼才能讓她放心。

然後馬上輕輕舉起牽著的手，說：

「不然，妳看。要是擔心我會跑到別的地方，那就像這樣抓著我。」

「咦？」

「比力氣我絕對贏不過妳，這樣的話就覺得安全了吧？」

用言外之意隱藏害臊的發言。雷姆看看牽著的手，又看看昴。

「是。」

邊微笑邊點頭，然後站到昴的旁邊，而不是前面或後面。

就這樣，兩人並肩而行邁出步伐。雷姆微微低頭，凝視握著的手。她緊閉嘴巴，什麼都沒說配合昴的速度走路。

帶著這麼惹人憐愛的她，昴邊感受相連的手掌傳來的溫暖觸感邊鬆弛臉頰——同時持續翻攪殺意與憎恨。

兩人雖然牽著手，心卻朝向相反的方向。

菜月・昴的心，徹底地被誘入黑暗沈澱的深處再深處——

《完》

後記

大家好！您們好！各位好！

感謝您購買第五集！我是長月達平，或者說是鼠色貓！

什麼事都沒有打招呼來得重要呢。順帶一提，我的職場不管是早上下午還是晚上，招呼語一律是『早安』。還有意味著『去一下洗手間』的暗號是『去一下五號』。並不是刻意和第五集扯上關係喔。

雖然有點快，但『Re：從零開始的異世界生活』也出第五集了。

隨著系列作進入第五集，有預感差不多要進入故事的核心，還有主角和女角令人心癢難耐的戀愛樣貌越來越彆扭的激動內容。

但是！本作很抱歉！故事別說進入核心，根本就才剛開始攤開包袱巾；原本應該要有令人心癢難耐、主角和女主角的愛戀互相撞擊的內容，出乎意料地又回到原點，直到第五集都還沒塵埃落定。

原本，作者的私生活也忙碌到穩定不下來，所以精神上也沒從容到能讓故事裡的角色過著溫暖的生活。

雖說每一集都有寫後記，但第五集的寫作是在非常嚴厲的環境下被強迫執筆。

首先，是夏天。盛夏。

光看字面，大多數的成人就精疲力盡了。所以我也變成這樣。在電腦慘叫的灼熱中，工作效率根本快不起來。今年是氣溫比較低的冷夏。是誰挑起大家這種期待的啊？是諾斯特拉達姆斯嗎？還是我家的阿婆？

除卻夏天以外的嚴厲要素是激動！激動！

講到日本夏季就會提到例行節慶盂蘭盆節。在迎接祖先靈魂之前我自己就差點變成幽靈了。今年夏天就是穿插了這樣的事件，充滿『人生中所有的第一次』。

『第一次的簽名會』、『第一次的TRPG』、『第一次的課金』，內容豐富多樣，各有各的樂趣和辛勞，我全都充分享受到了。

簽名會，好快樂！大概是作者最快樂的事。如果還能有這種機會的話，我發誓會準備能和會場的讀者們合為一體的話題。

關於課金請不要問我。那是愛所誕生的結果。我沒有後悔。

好啦，沒有觸及作品內容下成功消耗行數後，一如往常開始致謝吧。

責編池本先生，雖是每次，但真的給你添麻煩了。忘不了清晨四點半左右互相傳電子郵件但內容卻完全錯開導致毫無成果一事。『夠了，打電話吧。』沒有做出這個結論，放著最後的郵件半天不管真是對不起！炸豬排和沖繩塔可飯好好吃！謝謝招待！

畫插圖的大塚老師也一如既往快速回應我炸裂開來的胡來要求，除了感激涕零我無話可說。兩名新角色的精湛模樣，以及封面的庫珥修大人的樣貌讓我除了感激還是感激。今後也請多多指教。

設計師草野老師。這次的封面圖讚爆了，『哪邊可以放Logo……』作者這樣的不安一下就被踢飛了。不愧是草野老師。

還有，Re：Zero的漫畫也開始了，第一章是在月刊Comic Alive由マツセダイチ老師繪製。第二章是楓月誠老師在BigGanGan連載。這個女孩和那個女孩的豐富表情都會被畫出來，作者我非常幸運。謝謝你們！

雖然每一集都講，但這部作品真的得到許多人的幫助才得以出版。MF文庫編輯部、行銷人員、校閱人員以及書店的工作人員，真的承蒙照顧了。

最重要的，是給予我溫柔的訊息和粉絲信的讀者們。有您們的支持，作者才有寫書的力氣。真的非常感謝。

那麼，下一本第六集——若能在最重要的一集與您再相見，就是我的幸運。

2014年8月　長月達平《聽著小學生感嘆暑假結束》

E.M.T.!
E.M.T!

「好啦，終於來到……名為廣告頁面的自由空間！在正篇裡不能自由奔放的情況太多，所以我只能在這邊奔放了！吶？」

「我認為正篇是最重要的，再來就是我的出場次數還不多，老實說應該很多人在想我這傢伙是誰吧，不過這可以說是出公差吧!?」

「因為這次要通知的情報超級多，所以才選出懂得做生意、對正篇的影響很少的你！讓大家看看你跟我意氣相投的合作吧，奧托！」

「就算您這麼說……好的，痛下結論很重要！有通知要告訴大家！我看看，首先是在月刊Comic Alive好評連載中的漫畫版Re：Zero第一集同時發售了。初回限定版還有附短篇小說，全新繪製的插畫在設計上更是棒透絕頂唷！」

「講到Comic Alive，十月開始月刊Big Gan Gan也開始連載Re：Zero第二章！マッセ老師的版本和楓月老師的版本都是美味的Re：Zero。」

「在Alive也會每月連載短篇小說，匯集那兒的短篇以及新插曲的Re：Zero短篇集預計在十二月發行。

「您、您說什麼——！」

「如我所料的反應，謝謝啦！全日本的MINISTOP和LAWSON兩大便利商店，都會販售Re：Zero的原創商品！只有在這裡才能入手的粉絲商品一個接一個出現！詳情大聲講會有點害羞，所以請翻到下一頁確認。」

「企劃太驚人所以就扔著不講啦，不過別光說那些，正篇的情報也麻煩你了。換句話說，幾時會打破現狀？下一集第六集嗎？」

「文庫版第六集預計在2015年三月發行。抱歉要等待，但已經確定第六集會販售附贈人物角色吊飾的特裝版唷。不只文庫本，漫畫和月刊Comic Alive也會附贈，收集各個不同的角色使出合體技後可就霹靂無敵強啦！」

「到最後通知情報模式完全打開了，不過預約時間很快就截止，還請注意。詳細狀況就如昴先生所說，請翻至下一頁。」

「哦哦，不愧是生意失敗瀕臨破產的商人，講的話沈重度就是不一樣。佩服佩服！」

「可以請您不要在最後的最後用貶低人的話來作結嗎!?」

Re:從零開始的異世界生活 5

原書名：Re:ゼロから始める異世界生活 5

作者：長月達平
插畫：大塚真一郎
譯者：黃盈琪

2016年6月25日　初版一刷發行
2016年8月25日　初版三刷發行

發行人：黃詠雪
總編輯：洪宗賢　副總編輯：王筱雲
責任編輯：李東燁　責任美編：陳湘陵

國際版權：劉瀞月

出版者：青文出版社股份有限公司
住　址：10442台北市長安東路一段36號3樓
電　話：（02）2541-4234
傳　真：（02）2541-4080
網　址：www.ching-win.com.tw

法律顧問：敦維法律事務所 郭睦萱律師

製　版：嘉陽印刷事業有限公司
印　刷：立言彩色印刷有限公司

國家圖書館出版品預行編目資料

Re：從零開始的異世界生活 / 長月達平作；黃盈琪翻譯. --
初版. -- 臺北市：青文, 2016.04-
冊；　公分

譯自：Re：ゼロから始める異世界生活
ISBN 978-986-356-324-2(第4冊：平裝). --
ISBN 978-986-356-342-6(第5冊：平裝)

861.57　　105003289